고양이신전

고양이신전

1판 1쇄 인쇄 2016년 8월 2일
1판 1쇄 발행 2016년 8월 11일

지은이 강인규, 한은경
발행인 조은희
일러스트 TWEE
책임편집 송윤선
발행처 아토북
디자인 권혜영

등 록 2015년 7월 31일(제2015-000158호)
주 소 경기도 고양시 덕양구 무원로 41, 907-1504 (10521)
전 화 070-7535-6433
팩 스 0504-190-4837
이메일 attobook@naver.com

ISBN 979-11-957010-2-5 (03800)

Temple des Chats

고양이신전

19마리 고양이들이 전하는 행복전도서

강인규 지음 l 한은경 사진

Atto Book

"개를 좋아하는 한 남자가

고양이를 좋아하는 한 여자와 사랑에 빠진다.

남자는 여자의 마음에 들려고 고양이를 좋아하는 척 한다.

그러다 정말로 고양이가 좋아진다.

그렇게 시작된 길고양이 구조활동.

그로부터 14년 후….

부부와 아들 그리고 19마리 고양이들이 살고 있는 고양이신전.

오늘도 고양이신전의 역사는 계속된다."

고양이신전에서 보내는 초대장

　고양이신전. 그곳은 제가 나중에 은퇴하면 짓고 싶다던 고양이 고아원(고묘원) 이름에서 유래했습니다. 동물구조활동을 하다 보면 으레 고양이 숫자가 늘어나기 마련인데, 게다가 몸이나 마음이 불편한 녀석들도 한둘은 꼭 있게 마련이지요. 그런 고양이들을 위한 호젓한 쉼터를 만들고 싶은 바람이 아마도 이유였으리라 생각합니다.

　마당에서 고양이들이 뛰어놀 수 있는 목가적인 곳에 집을 짓고 현관에는 고양이신전이라는 간판을 걸어두면 멋지지 싶었거든요. 물론 그 밑에는 괜스레 멋진 말도 함께 붙여 폼도 잡아보고 싶었습니다.

고양이는 '가장 비천한 존재'다. 그런 고양이도 이곳에선 신이다. 그러므로 살아있는 모든 것은 이곳에서 '신'이라고.

고양이신전은 약 240만 명이 다녀간 블로그(www.templechat.com)의 이름이기도 합니다. 불과 10여 년 전만 해도 고양이는 지금과 달리 혐오의 대상이었을 뿐, 사랑받는 동물은 아니었습니다. 고양이에 대한 편견이 조금씩 호감으로 변해가는 것을 블로그를 통해서 우리는 느낄 수 있었지요. 그리고 그런 변화에 조금이나마 우리도 기여하지는 않았을까 내심 뿌듯해하는 공간이 바로 제가 살고 있는 고양이신전입니다.

그런 고양이신전의 이야기가 책으로 만들어집니다. 누군가에게는 옛날사진을 꺼내보며 '그땐 그랬지'하고 과거를 추억할 수 있는 시간이 되었으면 좋겠습니다. 지금처럼 고양이전용 제품으로 파는 모래가 없어서 동네놀이터 모래를 퍼다 빨아 쓰는 이야기를 접할 수 있는 책이 얼마나 될까요?

해외직구란 게 없던 시절, 오직 개인의 힘으로 고양이전용 백신을 수입해 맞추는 분들이 있었습니다. 그런 이야기를 들으면 모두 존경의 눈망울로 초롱초롱하곤 했었지요. 아마도 고양이 담배 피우던 시절의 분위기를 느껴보는 것도 색다른 경험일 것입니다.

또 어떤 이에게는 처음 접하는 고양이이야기에 웃기도 하고, 눈물 지을 수 있는 그런 책이 되었으면 좋겠습니다. 상처입고 버려진 고양이라 할지라도 존재만으로 충분히 아름다우며 사람과의 교감과 사랑만으로 얼마나 더 사랑스러워질 수 있는지, 그 작은 생명체가 만든 기적 같은 순간들이 오히려 사람에게 위로가 되는 책이 되기를 희망합니다.

돌이켜 보건대 지난 시간 모든 걸 다 포기하고 싶었던 순간이 참 많았습니다. 그럴 때마다 대가 없이 제 손을 잡아주고, 다시 일으켜 주었던 것은 가족과 고양이들이었습니다. 이 책이 그렇게 고양이신전을 지키는 신전지기들이 지난 시간 느꼈던 행복과 희망을 함께 나눌 수 있는 '첫 번째 초대장'이 되었으면 좋겠습니다.

분홍빛 꽃바람이 귓가를 살랑 스쳐가듯이, 이 초대장이 여러분의 손에 닿으면 언젠가는 '두 번째 초대장'을 보낼 수 있겠지요.

마지막으로 이 책에 대해 한 가지를 더 말하고자 합니다. 이 책이 세상에 나오기까지 참으로 많은 고난이 있었습니다. 처음 책을 계약했던 출판사의 사정으로 끝내 빛을 못 보고, 5년 만에 발행되는 책이니 오죽할까요.

고양이에 관한 책은 괜찮지만 고양이구조에 관한 책은 꺼리고 싶은 것이 한결같은 마음이었나 봅니다. 그런 대범한 시도에 망

설임 없이 손을 내밀어 주신 아토북 출판사의 조은희 대표님께
모든 공을 돌리고 싶습니다.

2016년 8월

신전지기 강인규 · 한은경

CONTENTS ————————————————

이 책을 _____ 에게 바칩니다.

고양이를 처음 만난 날

비참한 삶에서 벗어날 수 있는 방법이 두 가지 있다.
그것은 고양이와 음악이다.

- 알버트 슈바이처 -

개를 좋아하는 남자, 고양이를 돌보다
· 둥이둥이 패밀리

무식하면 용감하다.
고양이에 대해, 사랑에 대해 아무것도 모르는 한 남자가
오직 여자친구에게 잘 보일 요량으로 고양이를 돌보기 시작한다.

"안녕하세요? 애니멀호더(Animal hoarder, 사육능력을 넘어 많이 키우는 행위. 동물학대의 일종) 강인규라고 합니다."

나는 내 자신을 이렇게 소개할 때가 있다. 이렇게 말하다니 그야말로 악취미에 쉽게 이해할 수 없는 유머감각이다. 만약 누군가에게 "안녕하세요? 고양이 19마리, 중대형견 3마리와 함께 생활하고 있습니다."라고 말한다고 해보자.

그 이야기를 듣는 상대방의 첫 번째 반응은 보통 '헤에에~'거리며 진공청소기 빨아들이는 소리를 내는 것이다. 동시에 눈이

휘둥그레지고 동공지진을 일으키기 마련이다. 그리고 궁금함을 참지 못하고 묻고 싶은 것이 잔뜩 있다는 표정으로 입꼬리를 씰룩거리게 된다. 그래서 처음부터 애니멀호더라고 내 딴에는 농담을 던져버린다. 그럼 '아~'라고 말하면서 뭔가 당혹스런 표정을 지을 뿐 더 이상 묻기를 주저주저하게 된다. 매번 길고 긴 고양이신전의 역사를 말하기가 어려워 이렇게 농담으로 무마하는 것도 슬슬 힘들어지던 차였다. 그러니 이제 이 자리를 빌려 애니멀호더가 아닌 흥부네 대가족을 이룬 이야기보따리를 풀어보려고 한다.

지금처럼 고양이 대가족을 이룬 것을 감안할 때, 나 스스로도 좀처럼 믿긴 힘든 과거가 있다. 한때 나는 고양이라는 생명체를 혐오했다. 아니 정확하게 말하면 고양이는 나에게 어떠한 의미도 되지 않았다. 조금 심하게는 고양이는 동물원에서 볼 수 있는 존재라고 생각했는지도 모른다. 이제는 '고양이 레이더'가 발달해서 길을 가다가도 무심코 차 밑을 보면 고양이와 눈이 마주칠 정도로 고양이들을 잘 찾아내지만 중고등학교 시절에는 동네에 고양이가 없다고 생각할 정도로 고양이에 대해 무관심했다.

중학교 시절 유일한 고양이에 대한 기억은 그다지 유쾌한 것은 아니다. 그것은 동네 건강원에서의 기억이다. 동네 할머니 한두 분쯤은 늘상 가게 앞에 의자를 내어 놓고 앉아 이야기를 나누던 가게여서 왠지 친근하기까지 한 분위기의 가게였다. 한창 어른들의 문화에 관심이 많고 제 딴에는 다 컸으니 술 따위는 아무것도 아니라는 호기의 시기였으니 가게 유리에 붙은 '고양이소주'라는 말은 나에게 묘한 상상력을 불러일으키기 충분했다. 그 상상의 시작은 고양이와 술상을 앞에 두고 마주앉아 대작을 하는 꽤나 즐거운 것이었다. 비록 가게 뒤편에서 케이지에 갇힌 고양이 몇 마리의 몰골을 보고서야, 술상대로 고양이를 고용하는 곳은 아니라는 것쯤은 깨달았다. 그러나 '아, 재밌는 가게는 아니구나'라고 생각은 했더라도 고양이들에 대해 불쌍히 여기거나 그들의 앞날에 대해 생각조차 하지 않았던 것 같다. 다시 나는 소주에 대한 상상을 하기에 바빴으므로 고양이는 다시 중학생인 나의 세계에서 없는 존재가 되었다.

고등학교 시절 고양이는 밤늦게 다녀야만 하는 모든 고등학생들의 길동무 정도였던 것 같다. 학교를 마치고 늦은 밤 돌아오는 길, 갑자기 내 앞길을 가로지르는 고양이를 만나면 "아, 깜짝이야! 이 귀여운 시베리아 고양이 아가야!"라고 외치는 정도였다. 물론 기억은 조작되고 편집되는 것이기에 '귀여운 시베리아 고양이 아가야'라고 외쳤는지는 아직 아리송하다. 아무튼 고등학생인 나의 기억 속 고양이는 멸종위기종이라고 생각할 정도로 숫자가 적다. 내가 고양이에 대하여 관심을 가지고 나서 갑자기 고양이의 숫자가 폭발적으로 증가했을 리는 만무하니 내 중고등학생 시절에도 사람과 어울려 사는 고양이들은 많았을 것이다. 그러나 공부도 안 하면서 입시에 찌들어있던 나의 세계는 어둠 속 가로등 불빛만큼 좁아서 고양이라는 새로운 세계를 돌아볼 틈이 없었다.

고등학교 졸업 후 난 원하는 대학에 입학했고, 모든 선생님들과 부모님들이 말하던 것과는 달리 '대학만 가면' 해결되는 것은 하나도 없었다. 어디로 가야 할지는 모르겠고 무한한 자유가 주어졌으니 당연한 듯 막걸리의 바다에 다이빙을 했다. 막걸리맛이 달던 것은 축제가 끝이 나던 5월까지였고 그 뒤로는 맛이 아니라 막걸리의 양으로 대학생활을 이어 나갔다. 하루가 24시간인 게 너무 짧았고 만나도 만나도 만날 사람들은 많았다. 딱 하나 고민이 있다면 본시 남자들에게 인기가 있는 타입인지라 당최 여자친구가 생기지 않는다는 것이었다. 대학만 가면 생긴다던 여자친구가 쉬이 생기지 않아서 거울을 원망해야 할 일을 괜스레 고등학교 선생님들에게 투덜투덜 대기도 했던 것 같다. 그렇게 생각하며 살기보다는 닥치는 대로 살아가던 대학시절이었다.

1996년 봄, 나는 한 여자현재의 아내를 알게 된다. 이미 오랜 세월 여자 하나에 관심을 두고 사랑을 책으로 배워오던 나에게 그것은 당연한 귀결일지 모른다. 난 사랑에 빠진다. 여자친구는 고양이를 좋아하는 사람이었다. 모든 사랑에 빠진 젊은 남자가 그러하듯 난 거짓말을 했다.

"정말? 어쩜 이런 일이!? 나도 고양이 좋아하는데!"

거짓말이다. 난 사실 고양이 싫어했다.

그러나 여자친구는 현명했다. 내가 고양이에 대해서 아무것도 모른다는 것을 단번에 파악한다. 이제사 깨닫고 고백하건대 아무래도 난 여자친구에게 세뇌를 당한 것 같다. 하나씩 하나씩 단계별로 고양이에 대해 알려주기 시작한 것이다.

여자친구가 고양이를 너무나도 좋아하는 관계로 당시 나는 온라인의 고양이 갤러리들을 시도 때도 없이 돌아다니곤 했었다. 데이트를 할 때마다, 여자친구가 고양이들의 사진들을 자꾸 보여주는 통에 화젯거리를 이어나가려면 어쩔 수 없었다. 그게 시작이었다.

생각보다 고양이 종류가 참 많았다. 그중 처음으로 마음에 든 종류가 러시안 블루_{고양이 종 이름}다. 그것도 사실은 '흠, 이 정도면 귀엽긴 하군'하는 정도였다. 고작 그 정도의 생각이면서 왜 난 고양이들을 돌보기 시작했을까? 생각나면 밀어붙이는 성격도 한몫을 했으리라. 그러나 더 솔직히 고백하자면 내 마음속에는 '까짓 고양이 한 번 사서 키워보고 아니다 싶으면 돌려주지 뭐'라는 생각이 조금이라도 있었는지도 모르겠다. 그만큼 무신경하고 무심했다.

그러나 가족과 함께 사는 집에서 동물을 기르는 것 자체가 애당초 불가능했다. 당시 누나와 함께 살았는데 누나의 반대가 격렬했다. 이런 집안 사정상 러시안 블루와의 동거는 어딘가에 있을 꿈나라 같은 이야기였다. 내가 평생을 불평해 왔던 가족들의 강압적인 측면이 역설적이게도 나를 동물구조의 길로 이끌었는지도 모르겠다. 가족의 반대에 부딪혀 하는 수 없이 난 별 부담 없는 동네 고양이들에게 관심을 주기 시작했다. 그 첫 시작은 손가락 굵기의 소시지였다. 사료도 물도 아니었다. 고양이는 전용사료를 먹여야 한다던 여자친구에게 '그냥 사람 먹는 밥이나 뭐 그런 것을 주면 되지 무슨 놈의 사료는…'이라고 말하며 끌끌 혀를 차던 나였다. 물론 속마음으로 이야기한 것이다. 거짓말은 해도 눈치까지 없는 정도로 한심한 사람은 아니었던 터라.

당시 내가 살던 목동 아파트단지 쓰레기장에 고양이들이 자주 출몰하는 것을 눈여겨 봐둔 터였다. 어느 봄날 오후 해가 질 무렵 나는 아파트 쓰레기장 앞 정자에 앉아 고양이가 나타나기만을 기다렸다. 난 용의자를 잡기 위해 잠복 중인 강력계 형사마냥 아주 조심스럽게 행동했다. 나타난 것은 예상외로 아기고양이들이었다. 그 작고 귀여운 아기고양이들을 본 순간 감탄사가 튀어나올 뻔 했지만 난 경거망동하지 않았다.

난 그저 숨을 죽이며 지켜봤다. 혹시라도 고양이들이 나를 보고 놀라 달아나지는 않을까 하는 걱정 때문이었다. 그렇다고

해서 그저 보고 있을 수만은 없었다. 아파트 정문에 위치한 불과 2~300m 떨어진 편의점까지 가는 길이 그렇게도 멀게 느껴졌다. 소시지를 사 왔는데 모두 돌아갔으면 어쩌나 하는 생각에 걸음을 재촉했다.

내 조바심보다 아기고양이들의 인내심이 더욱 뛰어났던 것은 무엇보다 다행이었다. 고양이들은 얌전히 소시지를 기다리고 있었던 것이다. 내가 소시지를 잘게 입으로 쪼개 던져주면, 고양이들이 조심조심 물고서 잽싸게 달아났다. 방금까지 앞다리를 가슴에 깔고 엎드려있던 고양이가 먹이를 발견하고는 쏜살같이 다가와 그것을 입에 물고 모습을 감추는데, 그 모습이 내게는 퍽 앙증맞아 보였다.

게다가 이제는 내가 좋아하는 소시지를 고양이도 꽤나 좋아한다는 사실을 알았으니, 묘한 설렘과 함께 뿌듯함이 몰려왔다. 고작 싸구려 소시지 하나를 던져주었을 뿐인데, 마치 노벨평화상이라도 받은 것처럼 감격스러워했다. '야옹'이라는 대꾸조차 안 하고 소시지만 물고 냅다 제 갈 길을 가는 고양이의 뒷모습 하나에 나는 행복했다. 그 감정은 전에는 느껴보지 못한 특별하고도 뿌듯한 감정이었다.

그날 이후로 나는 사명감을 갖고 동네 고양이들에게 소시지를 던져주는 캣대디로 활동하기 시작했다. 물론 여전히 고양이들은 무던히도 날 경계했다. 그러다 보니 한 번은 소시지를 물고 달아난 검은 고양이가 날 향해 '야옹'하고 소리낸 적이 있는데, 그 반응이 어찌나 반가웠는지 모른다. 그런 일이 자주 일어나면서 알게 모르게 나는 고양이들과 천천히 가까워지고 있음을 느낄 수 있었다. 물론 잃은 것도 있다. 그때 이후로 나는 소시지를 먹지 못한다. 이건 경험해 본 사람만이 아는 일이다. 먹지는 않고 입으로 쪼개고 뱉는 일을 계속하다 보면, 입에서 비린내가 사라지질 않는다. 그래도 나는 괜찮았다.

그렇게 몇 달이 흘렀을까. 시간이 흐르면서 10cm씩 가까워져 가는 고양이들의 지근거림에 애간장이 끓기 시작했다. 그러던 나는 어느새 고양이 사료와 통조림을 사고 있었다. 집에는 고양이 한 마리 없으면서….

길고양이를 좋아한다는 것도 처음엔 즐겁기만 했다. 시간이 지남에 따라 아이들은 나에게 친근함을 표시했다. 아주 가까이 다가오고, 지나가면 반가이 맞아 주었다. 그것은 정말로 색다른 경험이었다. 살근한 맛이라고는 전혀 없는 까치, 잉꼬, 수리를 키워본 것이 전부인 내게(잉꼬 말고는 모두 집에 날아들었던 홈리스였으므로 그들은 키워졌다는 사실에 동의하지 않을지도 모른다) 사람의 다리밑에서 밥을 먹고, 가방 위에서 잠이 들고, 핸드폰 케이스와 싸움을 하는 고양이들이 마냥 귀엽기만 했다.

그러나 행복도 잠시. 곧 고난의 그림자가 드리웠다. 내가 돌봐왔던 일명 둥이둥이 패밀리의 멤버가 열 마리를 훌쩍 뛰어넘자 나에게 저주의 시선들이 쏟아진 것이다. 아파트 정문에 들어서서 조금만 걸어가면 내 주위를 고양이들이 감쌌는데, 이것은 아파트 주민들에게는 마술피리를 불어 쥐들을 데리고 다니는 방랑자만큼이나 혐오스러웠나 보다.

결국 수군거림은 제 성을 참지 못하고 나에게까지 들릴 정도의 비난의 화살이 되어갔다. 하지만 이미 그때에는 고양이에 대한 갈망이 깊을 대로 깊은 터라 이상한 방법을 선택하게 된다. 그것은 살벌하게 보이기로 한 것이다. 그 당시 나는 흔치 않은 은회색 머리에 수염까지 길렀다. 수염을 기르는 것은 가끔 하던 짓인데 길가던 사람들이 내 눈길을 피할 정도였으니 이렇듯 나만의 '나름 살벌모드'로 사람들의 직접적인 눈총은 피할 수 있었다(그래도 아마 뒷담화의 수위는 높아졌으리라).

그렇게 위기를 넘겼다고 생각한 순간 또 하나의 위기가 찾아왔다. 고양이들의 힘든 삶이 눈에 들어오기 시작한 것이다. 그네들은 상처 입고, 돌팔매 맞으며, 쥐약 풀은 먹이로 위협받고 있었다. 그리고 아주 작은 아기고양이들은 맥없이 숨을 거두기도 했다. 막연한 걱정은 곧바로 현실이 되었다. 고양이를 집에 들이지 않는 입장에서 나는 다친 고양이들을 돌보기 시작했다. 처음 돌본 고양이는 성묘와의 전투에서 볼을 다쳤던 깜장둥이였다. 그 뒤로 엉덩이를 물린 흰둥이, 다리를 절던 고양이, 어미를 잃은 아기고양이 등 점점 더 많은 고양이를 돕기 시작했다. 나에게는 처참하고 괴로운 순간이었지만 그에 상응하는 보람이 있었기에 가능했던 일이다.

그렇게 나는 길고양이 구조활동을 시작하고 있었다. 고양이를 키워본 적도 없고 그저 사진만 보고 밥만 챙겨주던 생초보가 덥

석 구조활동부터 시작한 것이다. 이게 고양이신전의 이야기가 시작된 지점이다.

고양이를 좋아하고 '제리'를 미워하던 한 여자가 있었다. 그리고 개를 좋아하고 '톰'을 미워하던 한 남자가 있었다. 두 남녀가 만났고 여자의 환심을 사기 위해 남자는 변한다. 남자는 고양이 사료를 사기 시작했고, 내친김에 고양이 구조활동도 시작한 것이다. 그 때마저도 두 남녀 모두 오늘날처럼 대식구가 되리라고는 예상하지 못했다.

최고의 인간조련사 · 꼬마

고양이와 동거하는 사람들에게만 전해오는 전설이 있어.
집에 처음 들어 온 고양이는 그 집안의 실세를 파악하고 그의 마음부터 녹인다고 해.
그렇게 집에 적응한 고양이들은 사람들이 모두 외출하면 일어나
TV를 틀고 냉장고에서 우유를 꺼내 마시면서 묘생(描生)을 토론한다고 하지.

무엇이든 첫 경험은 조금은 두렵고 많이 설렌다. 그런 수많은 첫 경험 중에서 첫사랑은 누구에게나 인생을 바꿀 수 있을 만큼 강력하다. 그렇게 첫사랑을 떠올리면 입가에는 웃음이, 눈가에는 눈물이 조금씩은 비치기 마련일 것이다.

우리는 첫사랑을 좀처럼 잊지 못한다. 그 이유는 첫사랑이라 함은 항상 운명적인 인연으로 다가와서 그런 게 아닐까? 그리고 그토록 애절한 것은 성숙하지 못한 자신이 겪어야 했던 풋사랑인

만큼 이루어지는 경우가 드물어서 일 것이다. 그런 면에서 고양이에 대한 나의 첫사랑은 행운이라고 말할 수 있을 것이다. 최고의 묘연(猫緣)이라고 자신 있게 말할 수 있기 때문이다. 숫자라면 꽝인, 심지어 자신의 생일도 잘 기억하지 못하는 내가 첫째를 처음 만난 그날만큼은 아직도 생생히 기억하고 있다.

이것은 나의 첫 번째 고양이, 꼬마에 대한 이야기다.

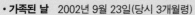

PROFILE 꼬마 ♂

- **가족된 날** 2002년 9월 23일(당시 3개월령)
- **별명** 세상에서 제일 (마음이) 작은 고양이,
  젤~ 똑똑이
- **출신지** 서울 목동
- **사연** 산책길에 길 한복판에서 놀고 있는 녀석을 발견하고 신기해서 다가가니 무릎 위로 폴짝 뛰어 올라 골골송을 불렀다. '간택' 받음에 감격스러워 바로 안고 집으로 데려왔다.
- **특징** 고양이신전 업둥이 1호!!! 나의 첫 고양이. 아무데서나 발라당 누워자기와 점프해서 방문 여는 것이 특기이며 8kg의 거묘로 고양이신전 뚱맥의 시조다. 눈치 100단 고양이였으나 크게 아프고 난 후 어리광쟁이로 변신했다. 2013년 여름, 무지개다리 너머 고양이별로 떠났다.

14년 전 일이다. 2002년 9월 23일. 그날은 돌아가신 어머니의 생신날이었다. 당시 난 저녁을 간단히 먹고, 아파트 단지 밖으로 나 있는 산책길을 걷고 있었다. 그러다가 우연히 묘한 장면을 목격하게 되었다.

노란 가로등 불빛 한가운데 웬 조그만 고양이 한 마리가 장난을 치고 있는 것이다. '어라, 난 놈일세!' 이미 둥이둥이 패밀리를 통하여 고양이에 대한 열망이 무르익어 가던 터라 호기심이 발동하였다.

또한 짧은 경험이지만 저렇게 대놓고 길 한가운데서 놀고 있는 고양이는 아직 본 적이 없던 이유에서다. 으레 다가가면 도망가겠지 하며 별 기대 없이 가까이 갔는데 이게 무슨 일인가? 이 녀석은 내가 가까이 다가가도록 도망가지 않는 것이다. 바로 앞까지 가서 서 있으니 이제는 다리에 부비부비까지…. 내 두 다리는 녀석의 부비부비에 사르르 녹았는지 금세 스르륵 구부려지고, 녀석은 아예 폴짝 뛰어올라 내 무릎에 자리 잡았다.

몇 분이 흘렀을까. 어느새 나는 마법에 걸린 듯이 녀석을 어깨에 들쳐 메고 엘리베이터 버튼을 누르고 있었다. 다행히도 현관문을 열어주는 누나의 잿빛으로 뒤덮인 얼굴을 보고서야 마법은 깨졌다. 누나도 소스라치게 놀람과 동시에 매우 황당했겠지만, 당시에는 나 역시 마찬가지였다. 마법은 깨졌다.

그러나 작은 방 안에서만 키우고 곧 좋은 부모를 찾아 보내겠다는 조건 하에 우리들의 불안전한 동거가 이미 시작되고 있었다. 나의 극악한 작명실력은 이미 둥이둥이 패밀리언니, 깜장둥이, 갈색둥이, 점박둥이, 흰둥이의 예를 통해서 증명된 바 있다. 이 아이도 여전히 '모든 이름은 3초 안에 짓는다'는 작명철칙에 따라 바로 '꼬마'라고 명명되었다. 극악한 만행은 작명에서 끝나질 않았다.

꼬마를 업어 온 다음 날 건강검진차 병원을 들르고 난 후(그래도 주어들은 풍월은 있어 건강검진은 받았었나보다) 돌아오는 길에 선유도 공원으로 가서 꼬마를 풀어놓았다. 신나게 달리는 꼬마를 보다가 너무 멀리 간다 싶으면 '꼬마야!'하고 불렀고 그 즉시 꼬마는 돌아왔다. 지금 생각해도 미스테리한 사건이지만 곰곰이 짚어보면 분명히 나보다 꼬마의 지능지수가 높음을 증명하는 첫 번째 사례였음에 틀림없다. 그 근거는 다음과 같다.

첫째, 나는 고양이를 무슨 강아지 대하듯이 했었다! 고양이를 조금이라도 아는 사람이라면 다 알겠지만, 공원에 풀어놓았다고 그 넓은 공원에서 우다다고양이의 달리기 놀이하고 노는 고양이가 어디 있으며 거기다 이름 부른다고 돌아오는 고양이는 또 어디 있는가?

둘째, 꼬마라고 이름 붙인 지 만 24시간도 지나지 않았는데, 나만 그 아이 이름이 꼬마인지 알지(사실 혼자 그렇게 생각하고 있지), 꼬마는 자신의 이름이 꼬마라는 것을 알고나 있었을까? 그냥 꼬마가 나에게 장단을 맞춰준 것임에 틀림없다. 게다가 무식한 아빠는 아이를 고생시킨다고 늦더위가 채 가시지 않은 한낮의 공원을 뛰어다니다 꼬마는 가벼운 일사병까지 앓게 돼버리고 말았으니…. 앞으로의 동거가 참으로 순탄치 않을 것임을 암시하는 일이었다. 꼬마의 기적(이라고 쓰고 '인간조련'이라고 읽는다)은 이것이 시작이었다.

앞서 말한 바와 같이 누나는 처음 꼬마를 보았을 때 얼굴이 잿빛으로 변했었다. 그리고 열린 방문 사이로 꼬마가 탈출하여 거실을 돌아다니면 누나는 '그게게엑!', '으예예엑!'과 같은 오스트랄로피테쿠스적인 언어로 나에게 의사를 전달하곤 했다. 굳이 번역하자면 '아, 깜짝이야. 저 기묘한 생명체를 치워 줘!' 정도가 되었으리라.

그러나 채 한 달이 지나기도 전에 누나는 꼬마를 보면 '꼬마꼬마꼬마꼬마! 으흐흐훗!'이라며 악긴은 더 호모사피엔스적인 언어로 진화하였고, 그 번역은 '꼬마야, 누나 사랑하지?' 정도가 되었다.

그 이후의 상황은 불 보듯 뻔하다. 꼬마는 누나의 가장 사랑하는 아이가 되었고, 심지어는 누나와 분가하게 되었을 때 살벌하리만큼 팽팽한 양육권 분쟁을 겪기도 하였다. 꼬마와의 만남에 있어 아름다운 모습들만 나열했지만, 개인적으로 조금 억울한 부분이 있다. 아니 사실 많이 억울하다. 만약 지구상 어딘가에 고양이법정이 있다면 꼬마를 사기죄로 고소하고 싶은 심정이다.

사연은 이러하다. 꼬마랑 첫 건강검진을 갔을 때, 수의사선생님이 꼬마의 이빨을 보고서 3개월 정도의 고양이라고 하셨다. 그래서 난 3개월짜리 고양이는 다 그렇게 생긴 줄 알았다. 꼬마에게 빠져버린 나는 꼬마를 '작고 귀여운' 고양이라고 생각했었고 그 생각은 곧 '다른 모든 3개월짜리 고양이들도 이렇게 생겼을 거야'라는 생각으로 변해갔다. 그러나 그 뒤 대식구의 아빠가 되

고, 구조활동을 통하여 수많은 고양이들과 묘연을 맺게 되면서 난 깨달았다.

처음 만났을 때 꼬마는 결코 작지도, 귀엽지도 않았다! 더구나 3개월령이라는 어린 나이에 이미 묘생(猫生)을 다 알아 버린 표정을 짓고 있었고 크기는 더 가관이었다!

꼬마를 '작은' 고양이라고 생각한 나지만(실제로 이름도 작다는 의미에서 꼬마라고 지었지만) 다른 고양이들에 대한 경험이 늘어가면서 '꼬마는 고양이야? 개야…?'라고 중얼거리고 있는 자신을 발견하곤 한다.

꼬마 험담이 나온 김에 좀 더 해보자. 녀석의 행동은 또 어떠했나. 고양이 하면 떠오르는 조심성, 날렵함, 우아함 따위는 꼬마에게 없다. 다른 고양이들은 고개를 낮추고 우아하게 걷는데, 꼬마는 고개를 뻣뻣이 쳐들고 비둘기처럼 앞뒤로 껄떡거리며 종종걸음으로 걷는다. 점프를 하면 꼭 하체와 배가 걸려서 사뿐 올라가는 게 아니고 절벽등반을 하는 꼴이다.

꼬마의 우다다를 보자. 말로 설명하기는 어려우나 상상력을 총

동원해보자. 일직선으로 달리다가 다른 방향으로 선회할 때, 머리와 상체는 방향을 바꾸지만 하체는 뱃살의 관성으로 인해 가던 방향을 유지해서 뱃살과 뒷다리가 바닥에 미끄러진다. 이것은 마치 레이싱경기의 드리프트 장면 같다.

우다다를 하다가 나와 부딪히기라도 하면(일단 조심성 있는 다른 고양이들은 부딪히지 않는다는 문제는 차치하고라도) 거짓말 조금 보태서 나는 두 다리가 공중에 붕 뜨면서 넘어진다. 나는 보기 좋게 꼬마에게 조련당한 비련의 주인공이고, 사기의 피해자였다.

그러나 모든 길들여진다는 것이 그러하듯이 나는 이 속에서 행복을 찾았다. 그런 의미에서 첫사랑 꼬마는 나에게 모든 '기준'이 되었다. 비록 시각이라는 감각의 존재로 인해 더 이상 '작은'이라는 수식어를 붙이지는 못하지만 여전히 꼬마는 나에게 가장 귀여운 고양이었다. 꼬마가 작고 애절한 목소리로 '애앵~'거리면 그 큰 덩치와 비교가 되어 더 귀여웠다!(이런 행동을 할 때면 마치 '아빠, 나는 세상에서 제일 작은 고양이에요.'라고 말하는 듯이 느껴진다)

이러한 엄격한(!) 기준을 가지게 되니 생각지 못한 좋은 일도 덤으로 벌어졌다. 꼬마 이외의 고양이들을 보면 모두 작고, 귀엽게 느껴진다는 것이다. 꼬마는 내가 세상 모든 고양이들을 사랑할 수 있게 만들어 준 최고의 고양이다.

꼬마 덕분에 나는 고양이와의 동거라는 험난한 비행에 부드럽게 착륙할 수 있었고, 그 기반으로 오늘날의 대식구가 이루어졌는지도 모르겠다. 그렇게 꼬마는 완벽한 고양이였고 지금도 그렇다. 그러나 그 점 때문에 꼬마에게 많이 미안하다. 꼬마는 특별히 손이 가지도 말썽을 부리지도 않는 아이다. 수많은 아기 고양이들, 낯선 성묘^{장성한 고양이}들이 들락날락 거리는 집안에서 모범적인 아들에게는 손길이 한 번이라도 덜 가는 것이 사실이다.

내 자신의 변호를 하자면, 젖먹이들이나 다쳐서 들어온 아이들의 수발을 하다 보면 짬이 나지 않았다는 점과 꼬마는 그렇게 하지 않아도 마음을 다 알아줄 것이라는 어리석은 믿음 때문이었다.

그렇게 비록 '아들'이라고 부르고 생각하지만 모르는 사이 꼬마에게 어리광을 피우고 있었던 쪽은 오히려 내가 아니었는지 반성해본다.

말썽 없던 꼬마가 딱 한 번 너무나도 큰 말썽을 부린 적이 있다. 고양이에게는 희귀하다는 '갑상선 기능항진'으로 투병한 일이다.

음식과 물을 완전히 끊어서 당시 8kg에 달하던 꼬마는 고작 3kg의 야윈 모습으로 변해갔고, 간마저 손상되었다. 곡기를 끊어 버렸으니 살려면, 아니 죽지 않고 버티려면 포도낭 수액을 끊임없이 투여해야 했다. 수액 맞는 시간이 하루에도 3~4시간 이상이니 처음에는 당연히 입원을 시켰다.

그러나 입원실에 있는 꼬마의 표정을 보고 나서, 통원을 결정하게 되었다. 낯선 환경에서 받는 스트레스를 피하는 것이 더 나아 보였고, 통원시간과 수액을 맞는 시간 동안 많이 쓰다듬어 주면 나을 거라는 믿음 때문이었다. 그렇게 끝나지 않을 것 같던 3개월의 단식과 통원은 끝이 나 꼬마는 회복되었고 언제나 그랬듯 완벽한 고양이이자 사랑하는 첫째 아들로 돌아왔다.

꼬마의 병이 자신과 시간을 많이 보내주지 않는 아빠에 대한 어리광이라고 생각하는 것은 조금 지나친 걸까? 항상 '흥부씨는 자식들 이름과 생일을 다 외우고 있었을까?'라는 이상한 질문을 스스로 던져보는 나이지만 내가 내 자식들에 대한 사랑을 잊고 살게 되면 아이들이 일깨워 준다는 느낌을 받는다. 완벽한 첫째 고양이 '꼬마'는 내게 아들이자, 친구이며, 동료이자, 선생님이었다. 아마도 그런 이유 때문이 아닌가 싶다. 고양이신전에는 막내라고 불리는 대여섯 마리의 고양이는 있지만 첫째라고 불리는 고양이는 꼬마 외에는 없는 이유가 말이다.

꼬마가 3년 전 무지개다리를 건너 고양이별로 떠났지만 첫째라는 이름은 영원히 누구의 것도 아닌 꼬마의 것인 이유가 말이다.

순백의 4차원 공주 · 니지

사람은 고양이들의 마음을 알 길이 없다,
하지만 고양이들은 항상 사람의 마음을 이해한다.

첫째 고양이 꼬마를 입양하고 몇 주가 지나지도 않을 때였다. 당시 고양이에 대해서 잘 몰랐던 나는 혼자인 꼬마가 외로울 거라 멋대로 생각하고 여기저기 입양사이트를 뒤지기 시작했다. 그러다 눈에 띈 하얀 고양이 한 마리가 바로 '니지'였다.

아직 눈동자 색깔이 정해지지 않아서 굉장히 짙은 코발트색 눈을 가진 고양이는 마치 외계에서 날아온 생명체 같았다.

니지의 아명은 '앵앵이'였다고 한다. 니지를 데리고 서울로 돌아오면서 '정말로 많이 앵앵대는구나'라고 생각했다. 목청이 유난히 큰 공주님은 그렇게 아무것도 모르는 고양이신전의 둘째 고양이가 되었다.

초보아빠의 잘못된 육아방식 때문인지 아니면 원래부터 큰 골격을 타고 난 것인지는 잘 모르겠지만, 니지는 훗날 고양이신전에 면면히 흐르게 되는 뚱맥거묘가 될 운명의 창시자 중 한 녀석이다.

PROFILE 니지 우

- **생년월일**   2002년 7월 4일
- **가족된 날**   2002년 10월 13일(당시 3개월령)
- **출신지**   경기도 미사리

- **별명**   미사리 히틀러, 4차원 외계고양이, 코리안 밥 테일, 포커페이스
- **사연**   꼬마의 동생을 찾던 중 개성만점의 헤어스타일과 토끼 꼬리처럼 짧고 앙증맞은 꼬리에 반해서 입양했다.
- **특징**   나의 두번째 고양이이자 나를 딸바보로 만들어 준 첫 고양이. 나홀로 우다다족. 애기적부터 고우트락 먹고 무럭무럭 자라서 고양이신전의 '거묘' 여자부문 1위다. 아빠쟁이라 아빠 몸 위로 올라와 꾹꾹이를 하는 것을 좋아한다. 2012년 겨울, 무지개다리 너머 고양이별로 떠났다.

니지를 처음 데려왔을 때 뼈가 드러나 보일 정도로 말랐다고 생각한 나는 아낌없이, 정말 아낌없이 먹였고(온갖 영양제를 포함하여) 오늘날의 거묘 니지를 탄생시켰다. 10여 년이 지난 지금도 알 수가 없는 것이, 니지는 단순히 살이 찐 것이 아니라(물론 살도 많지만) 몸통골격이 유난히 길고 크다.

큰 골격과 비교했을 때, 두상이나 얼굴골격은 작다는 점이 참 혼란스럽다. 거묘의 대표적인 모습이 발이 크다는 것인데, 니지의 발은 참 작다. 조금 과장된 생각일지는 모르지만, 니지가 다른 고양이들과 뭔가 다르다는 것은 이런 외모에서부터 느낄 수 있었다.

비록 초보아빠는 깨닫지 못했지만, 니지의 4차원 끼는 사실 아주 어렸을 적부터 시작되었다. 일단 정말 이상한 자세로 뒤뒤 꼬아 내 무릎 위에 올라와 있는 모습을 자주 보게 되었다. 초보아빠는 '와! 고양이는 정말 유연하구나! 그리고 이상한 자세를 취하는 걸 좋아하구나' 정도로 생각했다. 사실 모든 고양이들이 이렇게 꼬는 것을 좋아할 거라고 생각했으니…. 그리고 그 후로 시작된 또 하나의 4차원 끼.

보통 우다다는 전염성이 있다. 한 녀석이 우다다를 시작하면 다른 녀석들도 달리기 시작해서 동네운동회가 되는 경우가 많다. 그러나 니지는 다른 형제들이 우다다를 할 때에는 아무런 관심이 없다가, 형제들이 모두 잠든 때나, 혹은 아무도 우다다에 관심이 없는 경우 혼자서 우다다를 하는 경우가 많다.

재미있는 것은 니지가 우다다를 할 때 다른 형제들은 함께 우다다를 하지 않고 '엉? 무슨 일이야?'하며 의아한 표정을 짓는다는 것이다. 고양이들의 세계에서도 니지는 좀 특이한 녀석인가 보다. 한동안은 '니지가 왕따가 아닐까?'라고 고민해 본 적도 있다. 그러나 그건 또 아닌 게 처음부터 한 형제였던 꼬마는 니지에 대한 장난본능이 유난하다. 다른 형제들과도 스스럼없이 잘 지낸다. 그런 것들을 생각하면 왕따는 아닌 듯 하고….

이러한 4차원 끼와 더불어 아빠를 곤혹스럽게 하는 일도 자주 있다. 가끔 락스를 희석해서 화장실이나 베란다를 소독하는데 안 그래도 고양이들에게 락스 희석제가 묻을까 노심초사하고 있는 아빠의 경계를 뚫고 니지는 락스로 소독한 바닥에 뒹굴뒹굴하며 온몸을 비벼댄다는 점이다.

어렸을 때 연기를 뿜는 살충차량을 쫓아다니던 경험이 많은 나에게도 그 모습은 적잖은 충격이었다. 놀란 마음을 진정시키고, '니지 녀석도 이상한 냄새에 매력을 느끼는 것은 아닐까?'하고 넘어가려해도 좀처럼 쉽지 않다.

사실 니지의 4차원적인 개성은 니지가 유난히 야생성이 강하다는 것에서 기인한 것이 아닐까 싶다. 나에겐 둘도 없는 소중하고 예쁘기만 한 첫째 공주님이지만, 니지는 타고난 사냥꾼 본능을 그대로 살리고 있는 것은 아닐까? 포식자류들은 사냥감으로부터 자신을 숨기기 위해 최대한 깔끔하게 자신의 냄새를 없애고 주변의 냄새가 강한 경우에는 그 냄새를 자신의 몸에 묻히려는 공통점이 있다고 한다. 고양이가 열혈그루밍을 통해서 냄새가 없는 것도 이러한 작은 사냥꾼의 본능 때문인 것 같다. 니지는 이러한 일반적인 고양이들의 깔끔함에다 주변 냄새를 자신의 것으로 묻히려 하는 본능까지 고스란히 가지고 있어서 그런 것은 아닐까? 게다가 시류에 휩쓸리지 않고 홀로 우다다를 하고야 마는 My Way식 단련법까지! '니지야, 이렇게 해석하고 보니, 너 좀 멋있구나!'

강화도로 귀촌을 결심하면서 꿈꾸던 고양이신전의 모습이 있다. 고양이들이 마음껏 뛰어놀 수 있는 비밀의 화원을 만드는 것이다. 꽃들도 있고, 작은 연못이나 실개천이 있는 온실을 만들어서 도시 출신이 많은 고양이신전의 고양이들에게 나비도 쫓고 벌레도 잡으면서 살게 하고 싶다는 바람이다. 유난스런 니지는 아마도 그 화원에서 온통 흙을 몸에 묻히면서 즐거워하겠지? 그런 니지를 바라보며 혼을 내기도 하겠지만 아마도 나는 혼을 내면서도 웃고 있을 것이라 생각한다.

운 좋게도 꿈은 현실이 됐다. 니지는 내가 만든 고양이신전에서 그 어떤 고양이보다 잘 지냈으며, 본인이 갖고 있는 4차원 끼까지 가감 없이 발휘했다. 강화도로 가서는 니지가 가진 4차원 끼를 있는 그대로 바라보고, 그 기질을 살려주고자 노력하는 아빠가 되고 싶었던 나의 꿈이 이루어진 것이다.

첫째 꼬마와 더불어 첫째 공주님인 니지는 고양이신전에서 수많은 고양이들이 웃고, 울며 지낸 10여 년간을 함께 하면서도 변함없이 '앵앵이'였을 때를 다시 떠올리게 만든다. 니지의 4차원 끼는 시간의 벽도 넘어서 언제나 처음의 감정을 떠올리게 해주는 기적도 낳는다는 사실이 행복하다.

부족한 아빠의 모습을 고스란히 받아들여 준 니지에게 고맙고 또 고맙다. 물론 지금 고양이신전에서는 니지의 모습을 사진으로밖에 볼 수 없다. 4년 전 겨울, 니지가 고양이별로 먼 여행을 떠났기 때문이다. 유난히도 개성이 강한 탓에 내 마음을 졸이게 했던 니지. 그러나 돌이켜보면 나는 니지의 그런 점이 참 좋았다.

눈부시게 반짝이는 순백의 니지를 조만간 다시 한 번 꿈에서 만나기를 고대해본다.

까칠 공주, 개를 타고 놀다 · 치비

누구나 살 수 있는 것은 현재 뿐이다.
과거를 추억하거나 후회하는 일, 미래를 두려워하는 일은
의미도 없고 불가능한 일에 도전하는 것일 뿐이다. 오늘을 즐겁게 보내고
미래를 위한 준비를 하는 것만이 모든 살아있는 것들이 할 수 있는 최선이다.

2003년경 일이다. 당시 내가 살던 지역의 구청에서 길고양이 퇴치작전을 펼친 바 있다. 그 와중에 포획된 고양이가 바로 치비다.

당시 내가 살고 있는 곳에서 길고양이 소탕작전을 펼친다는 것에 분개해 구청 홈페이지에 항의글이나 부당함을 알리는 데에만 애쓰던 나는 포획된 고양이 중 가능하면 한 마리라도 입양하고 싶다는 막연한 생각을 했었다.

그러던 중 어느 사이트에서 치비 사진을 보게 되었다. 그 당시 함께 하는 고양이가 없었던 여자친구현재의 아내에게 치비의 사진을 보여주었으나 사실 큰 기대는 하지 않았다. 여자친구는 평상시 '예쁜' 고양이를 부르짖곤 했는데 치비의 사진은 그다지 매력적이지 못하다는 것이 나의 생각이었다. 그런데 뜻 밖에 일이 생기고 만다. 여자친구가 선뜻 치비를 입양하기로 결정한 것이다. 역시 묘연이란 사람의 뜻과는 다른 것인가 보다.

PROFILE 치비 우

- **가족된 날** 2003년 4월 17일 (당시 4개월령)
- **출신지** 서울 목동
- **별명** 목동 칼자국, 요롱이, 깨순이
- **사연** 모 구청에서 시행했던 길냥이 퇴치작전으로 잡혀들어 온 고양이였는데 장난기 다래다래한 눈빛에 반해 입양했다.
- **특징** 아내의 첫 번째 고양이. 기분이 좋으면 자신의 뒷발가락을 물고 잠이 들곤 하며 가끔 자신의 뒷발과의 전투를 벌이는 것이 취미다. 예민하고 까칠한 성격으로 주변의 모든 고양이들을 호통으로 물리친다. 외동스타일이라 혼자서 엄마아빠의 사랑을 독차지하고 싶어 한다.

게다가 치비의 실물은 사진보다 훨씬 작고 귀여운 고양이었다 (이것도 꼬마의 영향일지도 모르나, 치비를 본 순간 너무 작아서 놀랄 정도였다). 그러나 순전히 크기가 그러했을 뿐 처음 만난 치비의 모습은 비범했다. 우선 눈 위에서 아래 볼로 흐르는 공포의 칼자국이 치비가 결코 범상치 않은 여장부임을 말해주고 있었다. 치비의 비범함은 처음 만나는 날에 쉽게 알아볼 수 있었는데, 그것은 비단 칼자국 때문만은 아니다. 치비를 데리러 갔을 때 치비는 목줄을 하고 있었는데, 그것은 고양이에게는 흔치않은 일이었기에 조금은 의아해했다.

당시 치비의 임시보호자로부터 이유를 들어본즉슨, 하도 난리를 치고 다니는 바람에 어디로 사라질지 모르는 치비를 묶어두기 위해서였다고 말했다. 치비가 얼마나 나대는가 하면 당시 임시보호자 집에서 키우고 있던 소형 강아지의 등을 타고 놀았다고 한다. '강아지 등을 타고 노는 고양이라니….'

지금도 종종 그 모습을 상상하면 언제나 웃음이 풋 하고 나온다. 그러고 보니 고양이신전의 공식적인 첫 견공, 곤이가 입양 온

날에도 유일하게 치비만이 곤이 근처에서 알짱대곤 했었다. 아마도 그때 치비의 머릿속에선 '저 녀석의 등짝! 넓은 게 마음에 드네. 앞으로 타고 놀기 좋겠는 걸?!'이란 생각이 있었을지도 모르겠다.

지금은 고양이신전의 보스고양이로 우뚝 선 치비. 하지만 위풍당당한 면모와 달리 치비의 과거는 비참하다 못해 가혹할 정도였다. 치비의 목숨 값이 단돈 만 원이었다. 구청에서 길고양이를 포획한 사람에게 만 원을 지급하였다고 한다. 참고로 구 전체의 길고양이 목숨 값은 200만 원이었다. 그 한도 내에서 포획자에게 만 원씩 지급하였다고 한다. 엄청 싸고도 싼 목숨. 세상에서 가장 가치 없는 목숨. 축복받아 마땅한 한 생명의 시작은 그러했다. 하지만 늘 감사하는 것은 그렇게도 모질게 살아가야 했던 치비는 언제나 해맑고 밝은 고양이라는 사실이다.

초기 고양이신전 고양이 중에서 사람에 의해 직접적이고 큰 충격을 받은 녀석을 꼽으라면 아따와 치비가 있다(아따는 누나와 살고 있으므로 현재 고양이신전에는 없다). 아따는 남자 고등학생이 발

견하여 교복 주머니 속에서 가지고 놀던 녀석이었다. 그것을 학교 선생님이 압수, 같은 학교 동료교사였던 누나에게 맡기게 된 고양이다. 아따는 지금도 소심하기 이를 데 없고 불안증이 있으며, 낯선 사람이나 고양이가 오면 그 후유증이 며칠은 계속되는 고양이가 되었다. 반면 치비는 달랐다. 자신이 어떻게 될지 모르는 상황에서도 치비는 '개'를 타고 놀았다.

물론 치비가 전혀 후유증이 없다는 것은 아니다. 치비는 가끔 혼자서 자신의 뒷발과 전투를 벌인다. 한쪽 발을 잡은채 물고 있으면 다른 발이 자신의 얼굴을 친다. 그러면 치비는 또 그 다른 발이 괘씸해 그 발을 문다. 그럼 또 다른 발이 얼굴을 공격하고…. 그러다 결국 지치면 발을 물고 핥으며 잔다. 이것은 참으로 귀여우면서 안타까운 장면이다. 어려서 포획된 치비에게 이 전투는 잃어버린 형제와 했어야 했던 사냥놀이의 대신이며, 자신이 처한 상황의 불안감을 떨치기 위한 몸부림이자 이제는 사라져 버린 모성에 대한 그리움일지도 모른다. 하지만 치비는 그래도 언제나 명랑하다. 때때로 외롭고 두렵기도 할 것이다. 그럼에도 그늘 속에 숨으려하지 않고 당당히 세상과 맞서려 하는 고양이 치비.

치비가 꾸역꾸역 버텨낸 세상은 아름답기만 한 곳은 아니었다. 시작은 비참했고, 목숨은 싸구려에 불과했다. 버려지고, 붙잡힌 채 자유를 박탈당했다. 그렇다고 해서 숨죽여 있기만 하면 아무런 일도 일어나지 않는다. 단지 세상의 어려움을 수용하고 포기하는 것에 지나지 않는다. 언제나 당당하고 즐겁게 살아갈 때에만 세상은 비로소 살아볼 만한 곳이라는 평범하지만 쉽지 않은 세상의 진리를 치비의 눈을 통해 보게 된다.

치비는 고양이신전에서 좀 유별난 고양이다. 보통 형제들과 투덕거리면서도 다들 잘 지내는데 치비는 항상 신경질을 부리면서 다닌다. 누가 보면 아이들이 모두 치비를 따돌리며 괴롭히는 줄 착각할 정도다. 왕 언니로서 누구에게나 엄격하고(?) 동생들이 하는 일은(심지어 꼬마 오빠와 니지 언니가 살아있을 때도 거침이 없었다) 모두 잘못되었다고 야단치고 다니는 것 같다.

뚱맥이 흐르는 고양이신전에서 유일하게 절대 다이어트가 필요치 않은 고양이 치비. 살이 찌지 않는 것도 저놈의 성깔머리 때문일 것이라고 생각하곤 한다. 한편 치비는 외동기질이 강한 고양이다.

고양이신전의 다른 고양이들과 달리 치비는 나와 아내에게 직접 다가와서 엄청나게 부비적부비적거리는 애교를 부린다. 내가 아는 고양이 중 유일하게 안겨있는 것을 좋아하고 사람이 잠이 들면 가슴에 올라오거나 배에 올라오거나, 유달리 스킨십을 좋아하는 아이다. 형제들에게 까칠한 이유가 자신이 독점하고픈 나와 아내를 고양이신전의 다른 형제들이 자꾸 다가서기 때문은 아닐까? 그래서 가끔 '고양이신전처럼 대식구의 환경이 치비와는 조금은 맞지 않는 것은 아닐까?'라고 생각한 적도 있다.

그러나 그것은 아니었다. 어떤 병이었는지는 기억이 나질 않지만 쵸비가 아파서 약을 먹이던 중 일어난 일이다. 건강해서 약을 먹어본 경험이 거의 없는 쵸비는 강제로 입을 벌려 약을 집어넣는 일에 그만 기겁했었다. 쵸비가 (사람으로 치자면)'꺄~악!' 하고 소리를 지르자 어디에선가 빛의 속도로 달려온 치비가 나의 손을 콱 물었다. 그러고 나서 자신이 문 상대가 아빠라는 사실을 깨닫자 억울하고, 슬프고 어쩔 줄 몰라 하는 표정을 짓고 있는 것이다. 손에서 피가 흐른다는 사실을 잊을 정도로 그 순간은 감동 그 자체였다.

이럴 수가. 동생을 보호하고자 치비가 달려들다니…. 내 손에 난 생채기쯤은 아무것도 아니었다. 물론 우리의 까칠 공주는 그 뒤로도 쵸비에게 화를 내고 다닌다. '너 때문에 아빠를 물어버리는 일도 있었잖아?!'라고 책망하듯이….

그러나 위기의 순간 형제를 위할 줄 아는 우리의 까칠 공주는 고양이신전의 맏언니로서 오늘도 활달하게 신경질을 내고 있다. 그런 치비의 모습을 나는 오늘도 가만히 바라본다. 치비가 잠들 때까지…. 치비가 곤히 잠들면 오늘도 마음속으로 속삭인다.

서럽고 모질었던 시절을 잘 견뎌낸 치비야! 아빠가 더 잘할게.

봄을 틔워낸 꽃비처럼 · 쵸비

사랑의 시작은 그 이름을 부르는 것이고
그 부름에 대답하는 것이 사랑의 완성이다.

치비의 동생으로 들여진 '쵸비'는 아내가 두 번째로 입양한 고양이다. 이제는 나의 캐릭터를 대강 파악하셨겠지만, 쵸비를 데리러 가서도 '이렇게 작고 예쁜 고양이는 처음이다!'라고 외쳤다 (꼬마, 이 웬수야! 너 때문이야!).

처음 만난 날, 이동장 속에서 커다란 눈망울을 억울하게 뜨면서 '하악고양이가 경계하는 대상에게 보이는 위협 표현'을 날리던 쵸비. 아마도 구조활동으로 만난 상황이 아닌, 가정에서 곱게 자란 고양이를 입양한 첫 날에 엄마, 아빠에게 하악질을 해댄 첫 고양이였을 것이다.

그렇게 소심하고 겁 많은 아이가 어느새 고양이신전에서 가장 나이 많은 언니고양이가 되었다는 것이 아직도 믿기지 않는다.

쵸비는 세상에 둘도 없는 애교 대마왕이다. 쵸비의 애교는 뭔가 사람을 애타게 하는 것이 있다. 직접적으로 와서 안기는 스타일이 아니라 애절하게 사람을 부르는 스타일이기 때문이다. 쵸비는 자신의 이름을 부르면 언제나 '애~앵'하면서 대답을 한다. 그 말을 우리 부부는 '난 세상에서 제일 예쁜 고양이에요'라고 해석한다.

PROFILE 쵸비 우

- **생년월일**   2003년 6월 5일
- **가족된 날**   2003년 9월 4일 (당시 3개월령)
- **출신지**   서울 동교동
- **별명**   나는 세상에서 제일 이쁜 고양이예요. 만년 막내, 원조 막내
- **사연**   아내가 치비의 동생을 찾던 중 너무나 예쁜 구름아이스크림 코트에 반해서 입양하게 되었다.
- **특징**   아내의 두 번째 고양이. 고양이신전의 만년 오리지널 막내 딸. 눈만 마주치면 단숨에 발라당거리며 애절한 목소리로 날 예뻐해주러 오라고 부른다. 이름을 부르면 애교 넘치는 목소리로 대답을 하는데 가끔 입만 뻥긋하며 음소거 대답을 하는게 특기다. 본인이 이쁜 걸 알아서 늘 자신감이 넘친다.

만약 누군가 쵸비를 1시간 내내 부른다면 쵸비는 1시간 내내 대답할 것이다. 그러고서 다가가면 바로 바닥에 온몸을 발라당 뒤집고선 '쓰다듬어 주세요' 자세를 취한다.

쵸비의 눈매는 서글서글함 그 자체다. 살짝만 건드려도 눈물을 툭하고 떨어뜨릴 것만 같은 눈을 하고선 애절하게 부르는 모습을 보고 있으면 '아, 쵸비가 사람으로 태어났으면 여러 사람 인생을 좌지우지 했겠구나'라고 느낄 정도다. 거기다 생긴 것도 고양이 신전 내에서 귀여움으로 단연 최고다.

동글동글하게 생긴 쵸비는 마치 곰돌이나 코알라를 보고 있는 듯한 착각을 일으킨다. 다양한 매력을 가지고 있는 쵸비가 과연 칼눈빛을 받아 고양이 눈이 세로로 길게 좁혀지는 눈을 할 수나 있을까 싶을 정도로 쵸비는 항상 동그란 눈동자를 가지고 있다.

한 번은 아내와 이런 대화를 나눈 적도 있다.

"쵸비 칼눈 본 적 있어?"

"글쎄…, 본 기억이 없는데."

"혹시 우리 쵸비 말이야. 쵸비는 칼눈이 안 되는 거 아니야?

뭔가 눈에 이상이 있는데 우리가 아직 모르고 있는 거 아니야?"

"!!!"

다급해진 우리 부부는 황급히 쵸비를 햇빛이 드는 창가로 데려갔다. 그리고 쵸비도 칼눈이 된다는 사실을 알고 나서야 안도의 한숨을 내쉬었다.

촌극 같은 이야기지만 아직도 우리 기억 속에는 칼눈을 한 쵸비의 모습이 없다. 그래서였을까? 쵸비가 어느덧 나이가 가장 많은 고양이 중 하나라는 사실을 떠올리면 소스라치게 놀라고 마는 것이다. 우리는 쵸비가 영원히 아기고양이로만 머물 것 같고 언제나 엄마, 아빠 품에서 잠이 들고 싶어 하는 철부지 막내와 같은 느낌을 지울 수가 없다.

고양이신전 업둥이 1호인 꼬마와 마찬가지로 쵸비도 까다롭지 않고 말썽을 부리지 않는 아이라 손길이 덜 갔을지도 모른다. 그러나 곰곰이 돌이켜 보면, 실제로 참 많이도 아끼고 예뻐했던 아이다.

아직도 '아이고, 우리 막내'로 여겨지는 쵸비. 고양이신전에서

'막내야'라고 불리는 고양이들이 참 많지만 역시 원조 막내는 쵸비 하나뿐이다. 영원한 나의 막내인양 애교도 많지만 때론 맏언니처럼 수더분한 고양이 쵸비.

가만히 보고 있으면 마치 봄을 틔워낸 꽃비 같다.

삶의 무게 앞에 당당한 부녀
· 언니&까뜨린

얼마든지 나를 사랑해도 좋아요.
하지만 난 당신이 날 사랑하듯 사랑할 수는 없을 것 같군요.
왜냐고요? 난 고양이로 태어났기 때문이에요. 사람의 사랑이 아닌,
고양이의 사랑을 원하신다면 내 사랑은 당신의 것이 될 거예요.

이 글은 나의 무지에 관한 기록이다.

내 나이 26살 때다.

내가 처음 고양이들에게 소시지를 던져 주기 시작할 때, 고양이 '언니'는 동네에서 가장 눈에 띄었다. 대여섯 마리 아기고양이들에게 둘러싸인 채, 열심히 꼬리로 놀아주는 언니의 모습에서 나는 매번 감동했다. 절절하고 위대한 모성을 보여준 언니가 그렇게 내 마음속으로 단번에 파고 들어왔다.

내가 소시지를 던져 주면, 언니는 조심조심 겁먹은 표정으로 물고 가 아기고양이들에게 나누어 주기까지 했다. 분명 아기고양이들 옆에는 젖소무늬의 어미고양이가 있었다. 그런데 제 자식이 아닌데도 저렇게 지극정성으로 돌볼리 없고 혹시 나이가 더 많은 가족이 아닐까 해서 언니라고 이름을 붙였다. 게다가 예쁘고 동안이기까지 하니 한치의 의심도 없이 언니는 언니라는 이름으로 불리웠다.

PROFILE 언니 ♂

- **처음 만난 날**   2002년 6월 12일
- **가족된 날**   2003년 1월 13일
  (당시 최소 1년 1개월령)

- **별명**   너구리, 니지 바라기
- **출신지**   서울 목동
- **사연**   캣대디 시절 돌보았던 둥이둥이 패밀리의 리더고양이였는데 영양실조로 다리를 절어 구조한 후 치료차 고양이신전에 입성했다.
- **특징**   고양이신전 업둥이 2호. 까뜨린의 아빠 고양이. 사람은 무서워했지만 둥이둥이 패밀리의 리더답게 고양이들과는 폭풍 친화력을 보였다. 일편단심으로 니지를 사랑했으나 도도한 니지의 사랑은 얻지 못하였다. 딸인 까뜨린까지 고양이신전에 입성하자 1년 반 만에 만난 딸을 잊지 않고 애뜻하게 보살펴 주었다. 2005년 겨울, 무지개다리 너머 고양이별로 떠났다.

그 뒤 언니는 확실히 동생인 듯한 아기고양이들 외에 나중에 태어나 제 어미로부터 독립한 다른 아기고양이들까지 모두 거두어 돌보았다. 그런 모습은 나에겐 지극한 모성으로 느껴졌고 언니의 그런 모습은 사람보다 나으면 나았지 못할 바 없다고 생각했다.

그로부터 반년 후인 2003년 1월 중순 즈음. 밤이슬을 맞으며 고양이들 밥주는 것에 꽤나 익숙해졌을 때다.

PROFILE 까뜨린 우

- **처음 만난 날** 2002년 6월 12일(당시 2개월령)
- **가족된 날** 2004년 7월 27일
  (당시 2년 3개월령)
- **별명** 투명고양이, 자폐고양이, 자체발광 고양이
- **출신지** 서울 목동
- **사연** 생후 2개월 때부터 돌보았던 아이였으나 너무나 소심하여 길냥이 생활을 잘 못해나가는 듯해서 꼭 데리고 오리라 마음 먹은 지 2년 만에 데리고 올 수 있었다.
- **특징** 고양이신전 업둥이 9호. 언니의 딸이다. 겁이 많아서 집고양이가 되어서도 사람과 고양이들을 피해 은둔 생활을 하였으나 신전 입성한 지 3년 만에 조금씩 마음의 문을 열기 시작해서 최근에는 턱을 긁어주면 골골골대는 경지까지 이르렀다.

내가 집 밖으로 나가면 고양이들의 새벽 비밀집회가 열리곤 했다. 집회의 주최자로서 겨울은 참으로 곤란하기 짝이 없다. 뜻하지 않게 어느 날 부터 보이지 않는 고양이회원이 유난히 많아지는 계절이 겨울인 것이다. 그래서 항상 집회는 떠나간 회원들의 행복을 기원하는 묵념으로 시작하곤 한다.

고양이들의 비밀집회 주최자로서 능력을 인정받는다는 것은 영광스런 일이기도 하면서 어깨가 무거운 일이다. 이미 둥이둥이 패밀들 뿐만 아니라 인근의 명망가 고양이들이 모두 나의 집회에 참석하고 있었다. 그렇기에 아무리 추울지라도 고양이집회를 소홀히 할 수 없었다. 그렇게 바쁜 집회 주최자로 하루를 보낸다는 것은 생각보다 일이 많아 큰 실수를 저지르게 된다.

실상 집회주최자의 능력은 알려진 바와는 다르게 부족한 참이라 눈여겨 봤어야 할 것을 놓치고 만다. 그것은 언니의 상태가 성치 않다는 것이다. 어느 날부터인지 기억은 정확치 않다. 그러나 언제부터인가 고양이집회를 열 때 언니의 모습이 확실히 불편해 보인다는 것을 깨닫게 되었다. 그렇다! 언니는 다리를 절고 있었다.

언니를 포획해서 동물병원에 데려간다는 것은 아마도 비밀집회 주최자의 자리는 포기한다는 의미가 될 것이다. 다른 고양이 회원들이 놀랄테고 나에 대한 신뢰가 무너질테니 말이다. 그러나 그런 것을 걱정할 여유가 없었다. 평상시처럼 고양이집회에 참석하러 다리를 절며 다가오는 언니에게 마치 VIP룸인양 케이지에 진수성찬을 차려놓고 기다렸다. 언니는 잡혔고 집회는 아수라장으로 끝이 났다.

　동물병원에 도착하여 조금 마음을 진정하니 처음으로 언니의 놀란 얼굴이 눈에 띄었다. 그렇게 생각하면 안 되는데 '참, 귀엽구나!'라고 감탄을 연발할 수 밖에 없었다. 언니의 동공이 있는 대로 크게 열려 영화 '장화 신은 고양이'에 나오는 푸스 같은 모습이었다. 한 삼십 분이 흘렀을까. 검사결과가 드디어 나왔다. 뜻밖에 외상이 아닌 영양실조였다. 나는 소스라치게 놀랄 수밖에 없었다. '영양실조라니…. 아니, 왜? 어째서?'라고 생각하며 평소 내가 본 언니의 모습을 떠올렸고 순간 가슴이 철렁했다. 돌이켜 생각해보니 언니는 '항상' 먹을거리를 찾고 난 뒤 아기고양이에게 양보하고 있었던 것이다. 나는 그런 언니의 행동은 그저 강한 모성애로 인한 거라고만 생각했지, 설마 자신을 굶주려가면서까지 희생하고 있는 줄 꿈에도 몰랐다.

'항상' 먹을거리를 찾고 난 뒤 아기고양이들에게 양보하던 언니…. 그 모습을 생각하니 마음이 뭉클하기도 하고 아려왔다. 자신의 몸은 전혀 돌보지 않고 아기고양이에게 사랑을 쏟는 데 최선을 다했던 언니…. 그런 상황에서 그것만이 최선이라고 생각했고 자신의 굶주림 따위는 언니에게 아무것도 아니었나 보다. 우리 언니, 얼마나 배고팠을까.

언니가 당연히 자신의 배고픔 정도는 알아서 해결할 거라고 생각했는데, 그게 아니었다니…. 내가 조금만 더 꼼꼼히 살펴 보았더라면…. 집회주최자라는 허명에 눈이 멀어 가장 처음 인연을 맺은 언니조차 살피지 못한 것이다. 그렇게 언니에 대한 미안함으로 마음이 무거워졌다.

그 일이 있고 나서 며칠이 지났다. 나는 심사숙고 끝에 고양이 언니를 입양하기로 결정했다! 당시 언니는 오랜 거리생활로 야

생성이 강하기 때문에 잡았을 때 미리 중성화를 하고 고양이신전
에 들이고자 했다. 그리고 그때, 나의 계획을 전해들은 수의사선
생님으로부터 들은 충격적인 말!

"남자아이입니다."
"에이, 설마요."
"확실합니다."
"⋯⋯."

'이럴 수가! 언니야, 너⋯ 언니가 아니라, 오, 오, 오빠였던 거
니? 미안하다! 몰라 봐서⋯.'

내친김에 또 다른 변명도 하고 넘어가자. 나는 정말로 '까뜨린'
이 수컷고양이인 줄 알았다. 둥이둥이 패밀리 시절, 까뜨린은 갈
색둥이라고 불리었다. 당시 까뜨린은 언니의 자식 중에서 가장
잘생기고 그나마 사교성이 뛰어난 활발한 성격의 소유자였다. 그
덕분에 갈색둥이라는 정식이름 대신 '귀공자'라는 별칭으로 부
르고 있었다.

그러나 갈색둥이는 사람을 무서워하는 것은 물론 다른 고양이들까지 무서워했다. 다만 나는 예외였다. 나와는 오랜 연이 있어 밥 동냥을 허락했었는데, 어느 순간 후다닥 도망가기에 주변을 둘러보니 저 멀리서 다른 고양이 녀석이 지켜보고 있었다. '아, 이 녀석도 길에서 그리 오래는 못 살겠구나. 고양이신전으로 들여야겠다'라는 생각이 들었고, 바로 행동으로 옮겼다. 갈색둥이를 데리고 동물병원으로 가서 중성화수술을 부탁했다.

그리고 그때 수의사 선생님으로부터 들은 충격적인 말!

"여자아이군요."

"……."

갈색둥아, 너... 수, 숙녀였던거니? 미안하다!

지금은 웃고 넘어갈 수 있는 일이지만, 당시 나는 이렇게도 무지했다(과연 당시에만 무지했을까? 여전히 고양이들을 보면 왕자님이라고 불러야 할지, 공주님이라고 불러야 할지 아직도 망설인다).

어쨌든 언니와 까뜨린은 나에게 처음으로 고양이의 성별에 대

해서 알려주었다. 이 남다른 부녀는 무지한 나에게 그렇게 다가왔다. 조금은 충격적이면서 파격적으로….

이 부녀에게는 남다른 성향이 있다. 지금까지 이렇게 이유 없이(?) 사람들에게서 사랑을 받는 고양이를 본 적이 없다. 당시 고양이신전은 대여섯 정도로 단출(?)한 식구였는데 언니와 까뜨린의 인기, 특히 언니의 인기는 폭발적이었다. 물론 그럴 만한 이유는 충분했다. 그 어떤 고양이보다 언니는 고양이신전의 다른 고양이들과는 모두 잘 지냈다. 잘 지내는 정도가 아니라 고양이신전에서는 드문 애정행각까지 서슴지 않을 정도로 대범했고 활발했다. 그런데 묘하게도 사람과는 좀처럼 친해지지 못하는 고양이었다. 누가 부녀 아니랄까 봐, 까뜨린도 낯을 매우 가린다. 정확히 말하면 까뜨린의 낯가림은 더 심하다. 고양이신전으로 입성 후 얼굴을 보여주기까지 한 4~5년은 걸렸으며, 살짝이라도 만질 수 있게 되기까지는 그 후로도 1~2년이 더 걸렸기 때문이다.

이처럼 사람에게는 살가운 맛이라고는 전혀 없다는 것을 다른 사람들도 다 알던 터인데, 수많은 사람들은 언니가 고양이신전에서 가장 좋다고 거리낌 없이 말하곤 했다. 훗날 언니가 무지개다리를 건넜을 때, 인터넷으로 수많은 조문의 메시지가 내게 전달되었을 때 마음속에서 울컥하는 것이 있었다.

길에서 태어나… 비록 뜻하지 않게… 사람과의 동거를 경험한 고양이 언니는 지난 2005년 겨울, 간경화로 고양이별로 떠났다. 그럼에도 이렇게 많은 사람들의 마음속에, 뇌리 속에 깊게 각인되어 있다는 사실을 생각하니 언니는 참 행복한 고양이라는 느낌이 든다. 그 후로 몇 년이 지난 후에도 가끔 언니가 보고 싶다고 말씀하시는 분들이 있을 정도이니, 아마도 언니에게는 뭔가 사람을 잡아끄는 매력이 있었던 모양이다. 이런 언니의 후광으로 까뜨린의 인기가 형성된 게 아닐까 싶다.

하지만 까뜨린 역시 고양이신전에서 숨은 인기스타다. 고백컨대, 그러고자 해서 그러는 것이 아니라 까뜨린은 사진을 찍기가 힘들어서 자주 소식을 전하지 못한다. 그런데 가끔이라도 까뜨린이 등장하면 '저 뒤에 까뜨린이 보이네요'라며 반가움을 표시하는 숨은 블로그 이웃들이 많다. 역시 이 부녀에게는 뭔가 다른 것이 있는 듯하다. 또 자신이 두려움을 느끼지 않는 대상에 대한 무조건적인 헌신도 느낄 수 있었다. 까뜨린이 아무리 자폐묘(?)라고는 하지만 역시 언니의 딸이라고 느끼는 것도 바로 그런 경우다.

고양이신전의 구조활동이 뜸해진 이유가 격리방을 까뜨린 여사가 독차지해서인데, 그럼에도 어쩔 수 없이 업둥이들이 들어와 격리기간약2주 동안 까뜨린 여사와 지내는 경우가 왕왕 있었다. 이럴 경우 특히 업둥이가 아기고양이라면 까뜨린은 마치 자신이 어미인양 그 아이들을 돌보았다. 이제 막 눈을 뜬 아기고양이들이 제멋대로 돌아다니면 하나하나 물어서 다시 집안에 들여다 놓기도 했다. 또 카마엘이 무지개다리를 건널 뻔 했던 그 밤에는 내 바로 옆까지 와서 하악질을 하기도 하고 울 것 같이 눈물을 그렁그렁하면서 카마엘을 자신에게 넘겨달라는 애절한 눈빛을 보내기도 했다.

고양이들은 자기 안에 사랑이 참 많다. 비록 그것을 밖으로 표현하지는 못하지만, 그 사랑이 감춰지지는 않는다. 그래서 그

사랑을 알아챈 다른 이들로부터 고양이들은 큰 사랑을 받는다. 그런 고양이들 중 하나가 바로 언니와 까뜨린이다. 나는 둥이둥이 패밀리와 수많은 고양이들을 만나고 함께 생활하면서, 고양이들을 고양이처럼 사랑하는 법에 대해서 좀 더 배우게 되었다. 비록 사람에게 안기는 고양이들은 아니지만 언니나 까뜨린이나 가족으로서 나와 아내를 인정하는 것은 느낄 수 있었다.

　항상 상대를 인정하고 상대의 입장에서 사랑하는 법. 그것이 내가 배운 '고양이처럼 사랑하는 법'이다.

절망과 무력을 딛고서 · 나르샤

내 외모에 반한다면… 훗… 아마도 상처입고 말 걸?
난 말썽꾸러기 왕자님이니까!

다음은 나르샤에 관해서 내가 쓴 메모다. 그대로 옮겨 본다.

애당초 그 고양이는 이름이 없었다. 단지 젖을 물려주는 어미의 따스함과 체온을 나눠 줄 형제의 내음만이 그에게 있어 이름이었고 세상이었다. 그 의미를 깨닫기 전부터 공포와 불안함은 운명과도 같은 것이었다. 아직 높다란 곳에 올라가지도 못 할 만큼 성숙하지 못한 그의 골반은 알 수 없는 거대한 물체에 의해 산산이 부서지고 말았다. 그는 고양이었다.

고양이에게 달리고 점프하는 것은 삶, 그 자체였다. 그는 삶을 포기하도록 강요받고 있었다. 그 이후의 일들은 그에게도 참으로 생소한 일들의 연속이었다. 처음으로 엄마와 형제 이외의 따뜻한 손길을 느낄 수 있었다. 고양이 동호회에서 '강동원 닮은 고양이'라는 별명이 있었지만 처음으로 이름이라는 것이 생겼다. 그는 이제 '지후'라고 불리게 되었다. 하지만 여전히 공포와 불안함은 계속되었다.

PROFILE 나르샤 ♂

- **가족된 날**   2004년 8월 27일(당시 5개월령)
- **별명**   나르왕자님, 찡얼이
- **출신지**   경기도 안성

- **사연**   교통사고로 추정되는 사고로 골반이 부서져 하반신을 끌고 다니다 구조되었다. 임시보호 중에 두 번째 수술을 하게 되었는데 임시보호자가 아닌 정식보호자가 되어주고 싶은 마음에 입양했다.
- **특징**   사고 후 오랜 시간 방치되어서 두 다리를 자르게 될지도 모를 최악의 상황까지 갔으나 두 번의 수술과 정성스런 마사지 그리고 형아 놀자를 외치던 아기고양이 호도 덕분에 조금은 불편하지만 잘 걷고 잘 뛰게 되었다. 덕분에 오냐오냐 자라서 엄청난 말썽꾸러기가 되버렸다. 하루의 대부분의 일과를 찡얼로 보내는데 찡얼거리면 다 들어준다는 걸 알고 있을 뿐만 아니라 말썽 피우다 걸리면 갑자기 뒷다리를 절룩거리며 배우로 변신한다.

큰 수술도 여러 차례 겪어야만 했다. 지후에게는 의미를 알 수 없는 것이었다. 사람들의 따뜻한 손길도 밤이 되어 홀로 남겨지면 꿈과 같은 것이었다.

지후에게 삶의 희망은 아직 멀기만 한 것이었는지도 모른다. 지후는 불행하지는 않았다. 단지 지후는 포기에 너무 익숙해져 있었던 것이다. 삶의 희망은 그렇게 지후의 다치지 않은 왼쪽 다리의 근육과 함께 점차 줄어가고 있었고, 양 다리를 모두 쓰지 못하는 고양이가 되었다.

지후는 알 수 없는 병원에서 또 다른 알 수 없는 어떤 집으로 옮겨가게 되었다. 지후는 이곳이 이 세상에서의 마지막 장소가 될 것이라고 생각했는지도 모르겠다. 또한 여전히 어떤 사람의 손길을 느낄 수 있었다. 굳이 싫어서는 아니지만 한 번이라도 기분에 따라서는 거부할 법도 한데, 지후는 사람의 손길을 피하지 않았다. 사람은 그것이 의아할 따름이었다. 사람은 아직 지후의 깊은 절망을 깨닫지 못하고 있었던 것이다. 사람은 깊은 고민 끝에 지후에게 새 이름을 지어주었다. 이제 지후는 '나르샤'가 되었다. 훨훨 날아다니라는 소망을 담은 이름이었다. 사람은 나르샤에게(나르샤를 줄여 집에서는 '나르'라고도 부른다) 고마워했다. 작고 가냘픈

나르샤가 그 많은 불행을 겪고도 이 세상에 있어주는 것이 대견하고, 애틋하고, 고마웠다. 사람은 나르샤가 겪은 일들을 불행이라고 자기 멋대로 제단하고 있었다. 아직 나르샤의 깊은 절망을 깨달을 정도로 나르샤를 알지 못한 이유에서다.

나르샤에게 고양이신전은 병원과는 전혀 다른 세상이었다. 밤이 되어도 외롭지 않았다. 겨울이 와도 춥지 않았다. 밤이 되어도 다른 고양이들이 있었고 처량한 목소리를 내면 언제든 달려오는 어떤 사람이 있었다. 아주 작은 고양이도 생겼다.

다른 고양이들은 모두 나르샤보다는 훨씬 컸지만 이 고양이는 아주 작으니 그다지 무섭지 않다고, 나르샤는 생각했다. 작은 고양이는 날마다 나르샤에게 장난을 걸어왔고, 가끔은 정말 귀찮지만 항상 싫은 것은 아니었다. 나르샤는 조금씩 장난이 좋아지고 있었다. 나르샤는 조금씩 아픈 다리를 끌기 시작했다. 한 번은 짚고 한 번은 끌고….

시간은 참으로 더디게 간다고 사람은 생각했다. 실상 나르샤의 다리를 움직인 건 다시 찾은 희망이었는데, 사람은 그 이유가 자신의 노력이라고 사치스런 상상을 하기도 했다. 상상을 하는 것은 사람만이 아니었다. 나르샤의 머릿속엔 저 높은 캣타워 위로 도망간 작은 고양이를 언젠가는 한달음에 쫓아가 때려주는 상상이 시작되었다.

나르샤에게 희망이란 정말 어려운 의미였다. 단지 나르샤에게 있어 희망이란 싫은 사람의 손길을 거부할 줄 아는 것. 아프고 귀찮은 물리치료를 강요하는 사람의 손을 꽉 깨물어 주는 것이었다. 조금씩 삶에 희망이 생겨날수록 나르샤의 다리가 펴지기 시작했다. 나르샤의 작은 몸에 근육은 붙어나기 시작했다. 하루 이틀 지나자, 나르샤의 움직임이 눈에 띄게 달라졌다. 이제는 사람에게도 나르샤의 희망이 이해되기 시작했다.

헛된 상상만을 하던 사람에게 진정한 희망의 의미를 가르쳐 준 나르샤에게 지금 사람은 더욱 고마워하고 있다. 그래서 사람은 진심으로 믿게 되었다. 아직 완전하지 않은 다리를 가진 나르샤이지만, 언젠가는 그 이름처럼 정말 훨훨 날아오를 수 있다는 사실을….

나르샤는 처음 이곳이 세상에서의 마지막 장소가 될 거라고 생각했다. 하지만 지금 나르는 이곳이 세상에서의 마지막 집이 될 거라는 사실을 믿기 시작했다.

빛바랜 메모지를 다시 한 번 쭉 훑어보니 그때가 다시 떠오른다. 어렵고 굴곡진 시간들이었다. 그 작은 생명체는 갑자기 닥친 불행을 받아들이고 성치 않은 몸으로 견뎌냈다. 나르샤의 지난날들을 생각하면 대견하기 그지없다.

본인도 스스로가 기특한지 요즘 나르샤의 기개 하나만큼은 당당하고 씩씩하다 못해 그 어떤 고양이신전보다 앞서 가고 있다. 사정이 이렇다 보니 나는 나르샤를 보면 항상 생각한다. '나르샤 저 말썽꾸러를 어떻게 대해야 할까?' 왜 잘생긴 녀석이 온갖 말썽을 부리고 다니는 것을 보면, '저 녀석은 얼굴 믿고 저렇게 사는구나'라며 더 화가 나는 그런 느낌이랄까? 아무튼 나르샤는 지금까지 말썽이란 말썽은 다 부려본 것 같다.

워낙 대식구이니 아이들이 가끔 싸우는 일은 당연시 되지만, 나르샤가 끼어든 싸움은 꽤 크게 벌어져 다치는 아이들이 나오기도 한다. 잘생기고 곱게 자란 녀석이 쌈박질이나 일삼고 다니는 느낌이니 원….

게다가 나르샤는 치사한 성격도 가지고 있다. 나르샤는 다른 녀석이 자기를 때릴라치면, 세상이 떠나가라 '나 죽네!'를 외친다. 그 소리를 듣고 부리나케 달려가 보면, 나르샤의 털이 사방에 날리고 있다. 그래서 나르샤와 대치하고 있는 녀석을 혼을 낸 적이 많다(이런 일의 가장 큰 피해자는 삼룡이 기드온이다). 그러다가 안 사실…. 나르샤는 맞지 않아도 자신의 털을 공중으로 날리는 기상천외한 능력(?)이 있었다.

이 정도는 그냥 할리우드 액션으로 이해해야지 치사한 것은 아니지 않느냐고 묻는다면 군말 없이 고개를 끄덕이겠으나, 이보다 더한 모습을 목격한 적이 있다.

봄인지 여름인지 어쩐지 경계가 모호한 5월의 끝자락에 벌어진 일이다. 업둥이 중에 아주 작은 아기고양이 한 마리가 있었다. 평상시 마뜩치 않게 업둥이를 바라보던 나르샤 왕자님, 마치 동네 불한당이 뒷골목에서 아이를 위협하듯, 집 한 쪽 구석에서 아기고양이에게 소리 없이 어퍼컷을 날리고 있는 것이다! 이 녀석은 이렇듯 자기가 때릴 땐 엄마, 아빠가 알 수 없도록 소리 없이 때린다.

이것도 치사한 일인지는 모르겠지만 혼내면 우리 나르샤는 다리를 전다. 아빠가 다리를 절면 가슴 아파 하면서 모든 것을 용서해 준다는 것을 아는 것은 아닐까? 왠지 저 녀석은 다 알고 저러는 치사한 녀석이라고 생각해 보기까지 한다. 그래도 나르샤가 천성이 못된 아이는 아니라고 믿기에 오늘도 이 말썽꾸러기를 어떻게 대할까를 고민하고 있는 것이다.

나르샤는 유난히 겁이 많다. 어려서 큰 사고를 겪고, 사람과의 동거도 사고치료과정에서 겪게 되었으니, 그 어린 나이에 얼마나 받아들이기 낯선 상황들이었을까? 나르샤가 말썽꾸러기인 것은 겁이 많아서라고 생각해본다. 또 사람들을 대하는 모습을 기준삼아, 자폐고양이라고 부르는 아이들이 있는데 나르샤도 그런 고양이 중 하나다. 사실 처음에는 고양이들도 무서워했는데, 구조활동을 접은 이유 중 하나가 새로운 고양이들이 계속 들락날락하는 것 자체를 나르샤가 몹시 불안해 한다는 점이었다. 그랬던 나르샤가 지금은 다른 형제들에게는 자신의 주관을 관철하며 살아가려는 모습을 보이니 조금은 대견해 보이기도 한다(아! 말썽 부리는 것을 '주관을 관철하며 산다'라고 이해하려는 아빠의 슬픈 모습이여!).

젊은 나이에 도시를 떠나 강화도에 고양이신전을 짓는 모험을 하게 된 이유 중 하나가 다시는 이동하지 않아도 되는, 안정적이고 따뜻한 장소를 나르샤에게 주고 싶다는 거였다.

그러니 나도 조금은 나르샤에게 고마워해야 할 것 같다.

세상에서 제일 억울한 고양이 · 아루나

억울해요! 엄마는 나보고 예쁘다는데 사람들이 나보고 억울하게 생겼대요.
그래서 너무 억울해요.

'아루나'는 지금 누나와 살고 있다.

누나와 분가하면서 한바탕 양육권 문제(?)로 몸살을 앓고 아루나, 아따, 노리가 누나와 함께 살기로 한 것이다. 아루나는 유난히 나를 따랐다. 새벽이 되면 서러운 목소리를 내면서 내 다리에 올라와 꾹꾹이를 하며 더할 나위 없이 행복한 표정을 짓곤 했다. 그리고 다리 위에서 몸을 틀고 잠이 들면 뜬눈으로 밤을 지새워야 하는 날도 많았다.

아루나는 병원 호텔에서 5개월이 될 때까지 살았다. 가로, 세로 1m가 채 되지 않는 사각의 공간에서 하릴없이 지나는 사람들을 구경하는 것이 생활이었을 것이다. 가끔 그 병원(사장과 원장이 구분돼 있는 대형병원이었다) 사장이 업무시간이 끝난 한밤중에 찾아와 풀어주면 병원을 이리저리 돌아다니는 것이 유일한 낙이었으리라.

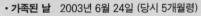

PROFILE 아루나 우

- **가족된 날** 2003년 6월 24일 (당시 5개월령)
- **별명** 날다람쥐, 억울고양이
- **출신지** 서울 태릉
- **사연** 러시안 블루와 샴 사이에서 난 믹스고양이라고 형제들과 함께 동물병원에 유기되었던 고양이었다. 그 당시 업둥 아기고양이들이 발작으로 쓰러져 동물병원에 입원 시켰으나 차례차례 무지개다리를 건넜는데 마지막 아기고양이까지 고양이별로 떠난 날 동물병원의 유리칸 안에서 늘 혼자였던 믹스 고양이 아루나가 눈에 밟혀서 데리고 오게 되었다.
- **특징** 억울한 눈매 때문에 억울한 일을 당하면 남들 보다 두세배 더 억울하다. 요조숙녀인 줄 알았는데 날다람쥐 에너자이저였다. 애교가 많고 궁디팡팡 마니아여서 언제나 두들겨 달라고 엉덩이를 마구마구 들이댄다.

아루나가 병원에 남겨지게 된 사연을 정확히는 모른다. 그러나 사장의 말로 언뜻 추리는 할 수 있었다. 아루나는 샴과 러시안블루 사이에서 태어난 아이다. 아루나와 그 형제들의 출생이 사고였는지 아니면 전 반려인의 호기심의 발로였는지는 확실치 않으나, 아무리 보아도 샴의 모습도 러시안 블루의 모습도 갖추지 않은 아루나의 모습이 그들에게 실망을 안겨주었다는 사실은 자명하다.

그렇게 아루나와 형제들은 병원에 버려지게 되었다. 그나마 다행인 것은 올블랙이었던 아루나의 형제들은 병원에 내원한 다른 사람들에 의해 비교적 어린 나이에 입양을 간 모양이다. 그러나 그 중 가장 국적이 불분명한 모습의 아루나는 5개월이 다 되도록 누구의 눈길도 끌지 못했던 모양이다.

치료차 방문한 병원에서 사장은 나에게 아루나를 입양하지 않겠냐는 의사를 물어왔다. 그 후 대면을 하게 된 아루나의 첫 느낌은 '이렇게 얌전한 고양이도 있구나'였다. 집 안에 온통 고양이인지 박쥐인지 정체 모를 괴비행체들과 살아가는 나로서는 사장의 품에 살포시 기대어 있는 아루나가 신기하기만 할 따름이었다.

거기다 나에게 옮겨진 아루나는 별 불만 없이 선선히 품에 몸을 기대어 오는 것이었다. 병원에서 계속 살아갈 아루나가 측은한 생각 반, '어쩌면 무릎고양이라는 녀석과 함께 살지도 모른다!'라는 기대 반으로 아루나는 가족이 되었다.

아루나를 데려오는 날에도 그 참함에 또 놀라고 말았다. 1시간이 조금 넘는 자동차 길에 조수석에 얌전히 앉아 선한 눈길로 바라보고 있는 모습을 보자니 그야말로 수줍은 듯 고개를 떨군 새색시의 모습이 떠올랐다. 게다가 혼수로 받은 삑삑이 장난감(물면 삑삑 소리가 나는… 아루나의 유일한 장난감이라고 했다. 그러나 이것은 사실 강아지 장난감이다. 이는 분명 그 병원 사장의 무지와 또한 지극한 애정의 증표임에 틀림없다)을 조용히 부여잡은 모습은 보따리를 꼭 쥐어 앉고 친정을 떠나 시집으로 향하는 새색시를 연상시키기에 부족함이 없었다.

집으로 와서 적응기를 마친 아루나의 변화는 참으로 극적이라고 밖에는 설명할 수 없다. 적응이 완료된 아루나의 첫 행동은 삑삑이를 내던진 것이다. 기껏 기분을 맞춰볼 요량으로 삑삑이를 던져주면 '뭐 이런 걸 던지지?'하는 불량한 눈빛까지 짓곤 했다. 사분사분 걷던 걸음걸이는 없어지고 어느덧 그 어떤 괴비행체 보다도 더 높이 날고 있었다.

조금 더 지나니 결국 우리 집 최고의 달리기 선수이자 허들 선수로 등극하더니 레슬링 종목에서도 국가대표급 실력을 갖추기 시작했다.

만능스포츠맨이 되어가면서 남성호르몬이 넘쳐났는지 부작용이 시작되었다. 사람의 손길을 거부하기 시작한 것이다. 언제나 품으로 파고들던 그 애교쟁이는 어느덧 안으면 굳건히 한 팔로 버티는 '나 안지 마요' 자세를 취하기 시작한 것이다.

아루나는 절대로 얌전한 성격의 고양이가 아니었던 것이다!

작은 사각의 방이 세상의 전부였던 아루나는 얌전한 고양이가 되도록 종용받고 있었던 것이다. 이런 아루나의 변화를 보면서 실망감이 없었다면 거짓말이지만(무릎고양이가 로망이었으므로) 그것을 보상할 수 있는 몇 백 배의 충만함도 같이 찾아왔다. 아루나가 자신의 성격대로, 자신의 모습대로 살 수 있게 되었다는 사실….

아루나의 변화는 아루나를 병원에 있게 한 사람들에 대한 서글 픔으로 변해갔다. 과연 아루나는 버려진 것인가? 더 서글픈 것은 아루나가 버려졌다는 생각이 들지 않는다는 것이다. 아루나는 처음부터 그들의 마음속에 존재하지 않았다는 생각이 든다.

그들이 원했을 아름다운 털과 확실한 패턴이 없었던 아루나는 그들에게 사랑을 쏟고 반드시 부양해야 할 그 어떤 대상이 처음부터 아니었다. 그것은 실수였고, 유감스런 착오였으며, 지우고 싶은 기억에 불과했다.

그래서 그런 그 모습 그대로 놓아둔 것이다. 아루나는 그 아이의 생명이 있게 한 사람들에게 어떠한 의미도 주질 못한다는 죄로 생명을 가졌으나 무(無)인 존재로 살았다. 아루나는 방기(放棄)된 것이다.

사랑을 쏟고 부양의 책임을 지는 반려동물을 버리는 것을 유기(遺棄)라 하고 이것은 확실히 죄다. 이것은 법도 증명해 준다(법에서 정한 경중은 잊자. 그 처벌이 얼마나 가벼운지 알게 된다면 놀랄 것이다). 그러나 법은 지켜야할 최소의 도리를 강제하는 것이라 한다.

그것은 법에 정해진 것만이 죄가 아니며 사실 법에 정해진 죄의 범위는 가장 작은 범위라는 뜻과도 통할지 모른다. 방기는 유기보다 결코 작은 죄가 아니다. 사랑으로 묶여있어야 할 사이에 그것을 끊어버리면 그것은 존재하지 않는 것만 못하다. 그러나 '법대로 하자'고 핏발을 세우는 시대에서, 법의 제재를 받지 않는 것은 죄라고 생각하지 않는 세상에서 사랑 없이, 존재의 근간 없이 부유하는 수많은 생명들이 있다는 사실은 가슴을 갑갑하게 한다.

'아루나 이야기'의 분위기처럼 아루나가 우울하고 침울한 아이는 절대 아니다. 반대로 아루나는 신전의 고양이들 중에서 가장 활발하고 애교 많은 완벽한 고양이다(덤으로 말썽없는…. 쿨럭!). 마치 나에게 꼬마가 그러하듯이, 이제는 누나와 함께 사는 누나의 첫째로서 완벽한 고양이다(여전히 누나는 꼬마가 자신의 첫째라고 주장함에도 불구하고).

고양이신전 고양이들 중에서 생긴 것만으로 웃음을 주는 두 아이가 있는데, 기드온과 바로 이 아루나다. 왠지 아루나의 얼굴을 보고 있으면 가서 쓰다듬어 줘야만 할 것 같은 무거운 의무감이들 정도로 억울하게 생겼으니…. 아루나의 사진을 본 한 분은 아루나의 얼굴을 보면 같이 눈이 찌그러진다고까지 했었다. 아루나는 '저 아이가 억울해 하는데 내가 웃으면 안 되는데…'라고 생각하면서도 웃으면서 다가가게 만드는 아이다.

고양이신전에 들어왔을 때에도 다른 고양이형제들에게 애교도 많이 피우고 그만큼 사랑도 많이 받았으니, 아루나는 사람에게나 고양이에게나 사랑받는 복 많은 아이임에 틀림없다.

나에게 책 출간제의가 들어왔을 때, 번뜩 들었던 생각이 있었는데…. 물론 이 책을 볼 리는 없겠지만, 아루나를 버리고 간 사람들에게 소심한 복수를 하고 싶다는 생각이 그것이다.

당신은 완벽한 고양이를 놓친 거예요! 그리고 그런 완벽한 고양이와 함께 살 기회를 우리 가족에게 양보해줘서 고마워요….

나를 위로하는 고양이

한 마리의 고양이는 또 하나를 데려오고 싶게 만든다.

- 어니스트 헤밍웨이 -

광묘교를 창시하다! 마성의 미친 교주 · 호도

사료는 해변의 모래처럼 흩뿌려지게 하옵시고,
마따따비는 폭우처럼 내리게 하옵소서. 화장지는 낙엽처럼 흩어지게 할지니. 광렐루야!

'호도'는 고양이신전에서 가장 인기가 많은 고양이 중 하나다. 광묘교(狂猫敎)라는 신흥종교의 교주로서 호도를 보면 '광렐루야'를 외치는 신도들을 끌어 모을 정도다. 호도의 이런 매력을 넘어선 마력은 호도를 처음 만난 날에서부터 시작된 것이었다. 호도를 처음 만난 것은 자주 가던 강남의 한 동물병원에서였다. 당시 업둥이였던 호도가 건강검진을 받으러 같은 병원에 오게 된 것이 계기다. 작은 피크닉 바구니 속에 녹색 끈으로 목줄을 하고 있던 호도는 마치 동화 속에 나오는 작은 요정 같았다.

그때까지 본 아기고양이 중에서 가장 커다란 눈을 가지고 있었고(지금까지 본 아기고양이 중에서도) 안 그래도 큰 눈이 선명한 아이라인으로 감싸져 있어 더욱 도드라졌다.

업둥이라고는 믿기지 않을 만큼 통통하고 또 사람에 대한 경계가 없었다. 성격은 또 얼마나 활발한지…. 홀리듯 임시보호자 분의 연락처를 받아들고 돌아오는 차 안에서 우리 둘은 유난히도 말이 없었다. 무거운 공기가 버거워 아무렇지도 않은 듯 말을 꺼

PROFILE 호도 ♂

- **가족된 날** 2004년 9월 29일(당시 1개월령)
- **별명** 호랑이도령, 광묘 호도, 교주님
- **출신지** 서울 삼전동
- **사연** 나르샤의 두번째 수술 후 퇴원하던 날, 마침 같은 병원으로 건강검진 받으러 받으러 온 업둥이 호도를 만나서 한눈에 반해 입양했다.
- **특징** 아기 때부터 친형제처럼 자란 나르샤 형아를 아끼고 따른다. 어리광이 심해 하루종일 엄마 찾아 삼만리인 엄마쟁이이며 엄마 팔 베고 품 속에서 잠드는 걸 좋아한다. 아깽 호도 사진과 광렐루야 사진으로 고양이신전 블로그에서 큰 인기를 얻으며 광묘교를 창시하여 교주님으로 등극, 많은 신도님들의 사랑을 받고 있다.

냈다. '아까 본 그 아기고양이…'이 말이 끝이었다. 이 무슨 두리 뭉실한 이야기인가. 그래도 이 말로 당연하다는 듯이 호도는 고양이신전의 아들이 되었다.

호도는 처음 들어오는 날부터 복덩이였다. 구조활동을 하던 터라 매번 비실비실 마른 아기고양이들만 봐서 그렇겠지만, 당시까지 내가 본 아기고양이 중에서 그렇게 통통한 아기고양이는 없었다. 통통한 만큼 건강하고 활발했는데^{통꼬발랄} 그 활발함으로 나르샤에게 기적을 일으켰다. '나르샤 이야기'에 나오는 '작은 고양이'가 바로 이 어린 호도다. 호도는 당시 격리방(구조활동을 할 때 쓰던 방으로 특별한 간병이 필요하거나 전염병 잠복기 혹은 적응기간 동안 격리하던 방)의 주인이던 나르샤와 함께 지내게 되었다. 나르샤의 다리를 낫게 한 것은 호도의 힘이 49%라고(50%는 나르샤의 힘!) 생각한다. 만나자마자 겁도 없이 어쩌나 나르샤에게 장난을 걸어대던지….

물에 불린 건사료를 먹을 정도의 나이였지만 혹시나 분유를 더 좋아하지 않을까 싶어 인공수유를 할 때, '저 사람이 내 엄마구

나'라고 각인하듯이 지그시 눈을 맞추며 열심히 젖병을 빨아댔다. 그 모습을 보고 있자면 진짜 엄마, 아빠가 된 행복감을 느끼게 해주는 아이였다.

분유를 탈 때 작은 발로 내 바지를 타고 등을 올라 어깨까지 올라와서 '삐약~삐약~! 분유 빨리 주세요!!!'라고 외치면 발톱에 찍힌 아픔 따위는 느껴지지도 않고, 그저 헛웃음만 흘리며 분유 타는 손을 더 빨리 놀리곤 했었다. 그 뒤로도 수많은 아기고양이들을 보아 왔다. 이 세상 모든 아기고양이들은 천사 같다고 생각을 하긴 하지만, 호도처럼 건강과 미모(?)를 모두 갖춘 아기고양이는 세상에 다시 없을 것 같다는 생각이 든다.

호도는 '내 생애 최고의 아기고양이'라는 표현이 정말 잘 어울린다.

호도에게 광묘(狂描)라는 별명이 붙은 것은 호도의 '두루마리 화장지 파괴'를 목격하고서다. 두루마리 화장지를 끌어안고 입으론 물면서 뒷발로 팡팡 휴지를 차던 호도. 난 그때 호도의 눈빛에서 광기(?)를 보았다.

광기라고 표현은 하지만 눈을 있는 대로 커다랗게 뜨고 호기심 반, 놀람 반의 눈빛을 하고 있는 것을 보면 나도 모르게 '귀여워…'라고 말하게 된다. 물론 처참하게 널브러져 있는 휴지조각들을 하나씩 주울 때면 '다음부턴 반드시 화장지를 케이스에 넣어 놓으리라'라고 다짐하기도 하지만 호도가 즐거워하던 모습을 떠올리며 다시 화장지를 바쳐 드리는 습관은 쉬 고쳐지지 않을 것 같다.

고양이신전의 고양이 중 꼬마 다음으로 덩치가 큰 아이가 호도인데, 호도는 꼬마보다 훨씬 발랄하다. 그 열정을 형제들에게 발산하려고 하면 내가 보기에도 형제들이 버거워보인다. 그래서 할 수 없이 화장지에게 그 열정을 퍼붓게 하는 수밖에 없다는 것이 아빠의 생각이다. 덩치는 산만한 녀석이 아직도 자신이 아기고양이라고 생각하는 듯하니 말이다.

요즘엔 조금 어른스러워져 좀처럼 볼 수 없는 모습이 되었지만 무언가 무서운 일, 예를 들어 낯선 사람의 방문이나 대청소 같은 아이들이 놀랄 만한 일이 벌어지면 호도는 형아 나르샤 뒤로 가

서 얼른 숨는다. 그런데 덩치 차이가 거의 두 배 가까이 나서 숨으려 한 호도는 다 보이고, 나르샤는 자신 뒤에 숨은 동생을 보호해야 하는 책무와 스스로 느끼는 두려움 사이에서 당황스런 표정을 짓기 일쑤였다.

호도는 아직도 아기고양이 시절 자기보다 훨씬 크고 빠른 나르샤 형의 인상이 남아있는 듯해서 마음이 뿌듯하다.

그렇게 피로 이어지지 않은 형제들은 그 어떤 형제들 보다 서로에게 의지가 되고(나르샤도 그렇게 느낄지는 의문이다) 믿는 친형제 이상이 되어 있다는 점에서 말이다.

오해해서 미안해! 철부지 엄마 · 쵸쵸

훗, 그래 저놈으로 결정했어! 멍청한 눈빛, 말랑말랑해 보이는 성격!
저놈을 속여서 이 집을 차지하고 말겠어. 얘들아, 더 귀여운 표정으로 저놈을 녹여버리자!

내가 전생에 무슨 죄를 지었던가? 어째서 수많은 고양이사기꾼

들에게 표적이 되는 만만한 상대가 되었던가?

이미 꼬마에게 속고, 아루나에게 속고, 만신창이가 되어버린

나이지만 '쵸쵸'에게 속은 것만큼 분하지는 않았다. 꼬마의 경우

야 괜한 편견에 의해 착각을 한 것일 수 있고(역시 꼬마사랑은⋯)

아루나의 경우는 뭐 나에게 애교를 부리기보다는 그냥 내가 일

방적으로 쓰다듬는 것, 안는 것을 허락한 정도이니 배신감을 느

낄 정도는 아니다.

그러나 쵸쵸 이 녀석만큼은… 차마 아니라고는 할 수 없겠다.

쵸쵸는 강남의 한 호텔에서 음식을 얻어먹던 아이라고 한다. 그 호텔이 대대적인 리모델링을 하면서 아마도 음식을 내어주던 사람의 측은지심으로 동물병원에 맡겨진 듯하다. 그곳은 평소 유기된 고양이들 중 가능한 만큼 데려다 입양알선을 하던 병원이다. 그 병원에서 쵸쵸와 그 아이들 라후, 가피^{현재의 이름은 겸이,} ^{난이}를 데리고 왔다.

PROFILE 쵸쵸 우

- **신전 입성한 날**　2005년 9월 25일(당시 2살령)
- **가족된 날**　2005년 12월 1일
- **별명**　쵸쵸 아지메, 엄마쟁이
- **출신지**　서울 논현동
- **사연**　한 호텔에서 새끼들과 함께 포획되어 온 쵸쵸를 좋은 부모 찾아주려고 데리고 왔으나 막강 애교 신공을 부려 눌러 앉게 되었다.
- **특징**　고양이신전 업둥이 16호. 길냥이 시절 눈칫밥으로 살아와선지 소심하고 눈치꾸러기이다. 엄마 몸에다 꾹꾹이, 쭙쭙이 하는 걸 좋아한다. 엄마 가는 곳 어디든 쫓아다니는 엄마쟁이라 같은 엄마쟁이인 이비와 늘 대치 상태이다. 기분 좋으면 사람 손목을 앞발로 부둥켜 안고 물고 뜯고 맛본다 거기다 뒷발팡팡은 보너스~.

순수 구조활동으로 연을 맺는 경우와 달리 이 병원에서 데려오던 아이들은 그야말로 입양을 잘 갈 수 있는 조건-보통 외모 혹은 사람에 대한 호의적인 성격-을 갖춘 아이들이었다. 농담 삼아 쵸쵸는 호텔 스위트룸에서 룸서비스를 시켜 밥을 얻어먹었을 것 같다고 표현하던 아이다. 날카롭지만 새초롬한 눈빛, 역삼각형의 얼굴라인, 신비스러운 코트(쵸비와 같은 패턴이지만 쵸비는 뭔가 곰돌이 같은 귀여운 얼굴이라, 역시 패션의 완성은 미모다!) 성묘지만 쵸쵸는 반드시 입양을 잘 갈 것 같은 외모였다.

쵸쵸와 더불어 라후와 가피도 그 때까지 본 아기고양이 중 얼굴로는 손에 꼽힐 만큼 귀여운 외모였다. 예상대로 아이들은 모두 좋은 집으로 입양갔지만 문제는 쵸쵸였다.

이 녀석은 내가 집에 돌아오기만 하면 부리나케 달려와 내 목을 끌어안는 것이다! 처음에는 공격하는 줄 알고(물론 우다다&레슬링의 일환으로) 지레 움찔했는데 무릎을 밟고 뛰어올라 마치 사람이 하듯 내 목을 양 팔로 끌어안는 것이다. 정말인지… 이건 감동도 아니고 얼떨떨한 상태였다. 그럴 때마다 '이게 뭐야?! 무서워! 고양이가 이런 것이 가능한가? 이 아이 어떤 사람의 환생인가?'라고 생각했다. 그리곤 쵸쵸가 그럴 때마다 나는 열심히 소설을 써댔다.

겉모습과는 달리, 나는 쉬운 남자다.

뒤늦게 내린 봄눈 마냥 조금만 잘 해줘도 스르르 녹는 남자다. 그런데 이런 궁극의 필살기를, 그것도 예고도 없이 당했으니…. 죄인마냥 며칠을 끙끙거리다 결국 쵸쵸를 고양이신전의 딸로 삼게 되었다.

입양을 보내기로 마음먹고 들인 아이 중 입양을 잘 갈 수 있음에도 고양이신전의 아이가 된 첫 케이스가 쵸쵸다. 그러나 이 모든 것이 사기였다. 고양이들은 사람의 언어를 알고 있는 게 아닐까?

쵸쵸가 고양이신전의 아이로 결정되고 며칠 후 쵸쵸는 나를 거들떠보지도 않게 되었다. 쵸쵸를 딸로 삼기로 마음먹고 그 때부터는 당당히 두 팔을 벌려 안을 준비를 하고 집에 들어오는 나를! 쵸쵸는 내다보지도 않았다!

그래, 안아주는 것은 그렇다 쳐도, 내다보지도 않았다! 이 배신감, 허탈함을 어디에다 호소해야 하는가!

그 정도가 끝이 아니다. 어쩌다 옛 은원을 모두 잊고 화해의 마음으로 쵸쵸를 쓰다듬으려하면 지금은 세상을 떠난 고양이신전의 최대거묘 꼬마 보다 그리고 최고장사 기드온 보다 더 세게 문다. 내가 고양이신전의 아이들을 주로 '귀염둥이', '예쁜이', '막내' 등으로 부르지만 쵸쵸 만큼은 '아지메'라고 놀리듯 부르는 것은 나의 억울함이 어느 정도인지를 반증한다.

그러나 조금, 아주 조금 위안을 받는 것은 쵸쵸가 나에게만 그

러는 것이 아니라는 것이다. 쵸쵸가 그의 아이들 라후와 가피에게 대하는 모습을 보면 '저게 엄마 맞아?!'라는 말이 절로 나왔었다. 아기고양이들이 '꺅!' 소리를 지를 정도로 세게 무는 쵸쵸를 보면서 '참 강하게 아이를 키우는구나'라고만 생각했었다. 당시는 나의 목을 끌어안아 주던 시기였으므로 쵸쵸는 자식들에게만 엄한 아이라고 생각했기 때문이다.

이 철부지 엄마는 다른 고양이들과는 잘 지내면서 유독 라후와 가피에게만은 엄격했다. 라후와 가피의 안위를 걱정해서 아이와 레슬링하는 모습을 보면 떼어 놓기도 여러 번 했었다. 라후와 가피가 겸이, 난이가 되고 나서(입양을 가고 나서) 겸이, 난이 아버지가 외국으로 유학을 떠나게 되었고 그 기간 동안 고양이신전에서 탁묘를 한 적이 있었다. 몇 년 만에 다시 만나게 된 가족 간의 상봉에서 뭔가 뭉클하고 아름다운 장면을 기대한 것은 사람이라면 누구에게나 당연한 일일 것이다(언니, 까뜨린과 같이 부성, 모성이 강한 아이들만 봐 와서 그럴까?).

그러나···. 역시 철부지 엄마인 쵸쵸는 돌아 온 겸이, 난이에게 무척이나 모질게 대했다. 아니 겸이, 난이에게만 모질게 대했다. 이제는 성묘가 되어버린 겸이, 난이에게 약간은 공격적이기까지 했다. 그런 모습을 보면서 쵸쵸는 그냥 철부지 엄마라고만 생각했다. 조금 더 심하게는 '이그 못난 아지메, 이 녀석 좀 성격이 모났네'라고 까지 생각하기도 했다.

그러나 쵸쵸는 그런 고양이가 아니었는지도 모른다. 2년 뒤 겸이, 난이 아버지가 귀국하여 겸이, 난이가 제 집으로 떠나고 난 후 쵸쵸는 유난히 기운이 없어 보였다. 그리고 눈에 띄게 털이 푸석푸석해졌다. 쵸쵸는 겸이와 난이를 참 많이도 생각하고 추억하고 있었던 것이다.

쵸쵸는 속정 깊고 강한 엄마였을 뿐이다. 엄마고양이들은 새끼가 독립할 시기가 되면 자신의 자식에게 공격적으로 대하며 이른바 '정 떼기'를 하는 경우가 종종 있다.

험한 세상을 살아가게 하기 위해 강하게 키우고, 어미인 자신에게 기대지 않게 하기 위해서다. 쵸쵸는 그런 강하고 모정 넘치는 엄마지만, 사람에게 기대어 살 수 밖에 없기에 애교라는 다른 무기를 배운 것뿐이다.

더 이상 나의 목을 끌어안지 않는 것은 이제는 고양이신전을 자신의 집으로 생각하고 고양이신전 지기들을 가족으로 여긴다는 의미일지도 모른다. 다만 그렇게 생각해도 아직 의아한 것은 왜 아직도 유난히 나만 무느냐는 것이다.

츄츄가 보기에는 성격도 유약하고 쉬운 남자인 내가 세상을 살아가기 위해서는 더 강해져야 한다고 생각하는 것은 아닐까?

사랑에 눈뜨다 · 제나이스

세상은 왜 이렇게 온통 신기하고 두려운 일뿐일까요?
사랑받는 것은 행복하지만, 내가 사랑을 받아도 되는 걸까요?
아직은 모든 것이 알 수 없고 두근두근해요.

세상을 산다는 게 무엇일까?

적어도 사춘기 때 마음 깊은 곳에서 문학소년소녀가 꿈틀댔던 인간이라면 한 번쯤 이런 생각을 해봤을 것이다. 이 물음에 정답은 없지만 나는 그 문학소년소녀에게 대답하곤 한다. 살아간다는 것은 어쩌면 부끄러운 고해와 그것을 극복하기 위한 노력의 연속일지 모른다고…. 그런 점에서 나는 '제나이스'를 보면 항상 미안한 생각부터 든다.

내가 믿는 종교의 사원에서 고양이에게 밥을 주는 분(그들을 보통 캣맘이라고 부른다)들이 있었고, 그분들이 돌보던 길고양이들이 있었다. 캣맘분들이 못 마땅하셨는지, 그 고양이들이 못 마땅하셨는지는 아니면 둘 다였는지(둘 다였을 수도) 알 수가 없지만 어쨌든 그 사원에서 고양이들을 모두 없애려는 계획이 있어 캣맘분들이 나에게 도움을 청해온 것이다. 나는 포획을 담당하고 캣맘분들이 입양을 알선하기로 하고서 그 사원으로 찾아갔다.

PROFILE 제나이스 우

- **가족된 날**   2006년 9월 20일(당시 4개월령)
- **별명**   제냐냥, 연탄집 딸내미, 천상 아가씨, 모델고양이
- **출신지**   서울 명동
- **사연**   한 성당에서 쥐약 놓아 죽이겠다는 길냥이 가족 중 식탐 순으로 포획해 구조한 고양이 중 하나인데 사람 손을 타지 않아 입양이 어려울 것 같아서 눌러 앉게 되었다.
- **특징**   고양이신전 업둥이 23호. 소두에 늘씬한 몸매로 모델고양이라 부르고 있다. 본시 애교가 많으나 구조 당시부터 사람 손을 전혀 타지 않았던 아이라 사람에게 못 부리는 애교를 주로 오빠고양이들에게 부리고 있다. 다만 사람에게는 밤에 피는 장미처럼 밤에만 애교 부리며 다가온다.

'흠…. 이곳은 진정한 신전이군. 그러나 이곳에서는 오직 인간만이 유일한 생명이고 가치인 것인가?'

만감이 교차했다. 내가 배운 생명과 사랑에 관한 가치관은 나의 종교가 상당부분 기여했다고 믿어왔는데, 이곳으로 고양이 포획을 하러 오다니…. 특히나 고양이를 없애려는 분들이 성직자 분들이라니….

나는 이해하고 싶었다. 왜 그런지 궁금했다. 그래서 무던히 생각해 보았다. 고양이를 없애려고 마음먹는 데에도 그만한 사정은 있을 것이다. 어떤 사람은 위생을 주장하고 어떤 사람은 혐오감을 주장하기도 한다. 나아가 어떤 사람은 대자연의 조화를 위해서는 지금 고양이들을 없애는 것이 더 나은 일이라는 조금 아리송한 이야기를 하기도 한다. 내게 그 주장들이 옳은지 그른지 하나하나 따질 지식은 없다. 허나 그런 주장을 하시는 분들은 세상의 중심이 자신인 경우가 많다는 것은 확실해 보인다.

자신의 몸 이외의 것들은 모두 더러운 것으로 보는 시선으로 위생을 말하고, 자신의 취향에 맞지 않아 혐오감을 이야기한다. 자신에게 이익이 되는 것이 무조건 타인에게도 이익이 된다고 주장하기까지 한다면… 뭐 더 말하기 힘들 정도다. 만날 수 없는 분들이니 이렇게라도 이해해보려 머리를 굴리는 동안 어느새 포획 틀 설치는 거의 끝나가고 있었다.

고양이들을 포획하기 위한 케이지와 이를 구경이라도 난 듯 신도들의 눈빛이 그렇게 무거울 수 없었다. 궁금함을 참지 못하고 자초지종을 물어 오시는 분들에게 웃으며 대답하는 것이 어느 대중가요 가사처럼 내가 웃는 게 웃는 게 아니었다.

그리고 얼마 후….

케이지를 덫으로 만드는 작업을 마치니 제일 용맹하고 식탐이 많은 녀석들부터 덫으로 들어온다. 옳거니! 두 녀석 포획완료! 그런데 여기서부터 다시 일이 틀어진다. 미리 데려간 엄마고양이가 임시보호하던 캣맘분 집에서 기존의 고양이와 사이가 안 좋았던 모양이다. 그 캣맘분은 잡았던 엄마고양이를 원래 자리로 다시 방사해 버렸고 신뢰가 무너진 상태라 구조는 중단될 수밖에 없었다. 그렇게 처음 잡은 두 녀석이 처음이자 마지막 녀석들이 되었

다. 제나이스와 함께 있던 다른 형제들…. 그 고양이들을 생각하면, 아직도 마음이 천근만근 무겁다.

그날 나는 두 마리의 고양이와 함께 서울 목동 집으로 돌아왔다. 데려온 두 녀석 중 그나마 성격이 유순한 수컷 고양이는 다른 집으로 입양을 보냈다. 하지만 유난히 소심하던(물론 덫에 들어온 것을 보면 형제들 중에서는 꽤 발랄했을 것이라 생각하고 있다) 제나이스는 여기, 고양이신전에 남게 되었다.

고양이신전에서의 제나이스는(우리 부부는 제나이스를 줄여서 제냐라고도 부른다) 꽤 행복한 삶을 살고 있다고 믿고 있다. 이 녀석 웃기는 게 천상여자라는 표현이 딱 맞을 정도로 애교가 많다. 다만, 남자(!)한테만 애교가 많다. 제나이스는 고양이든 사람이든 간에, 유독 남자한테는 무척 살갑다.

처음에는 내 사랑 호도 오빠를 외치며 돌아다녔지만, 호도는 '사랑'이라는 걸 하기 좀 정신연령이 낮은 고양이다. 게다가 이 녀석은 제나이스보다는 두루마리 화장지에 미쳐 있는 상태다. 그 뒤로, 제나이스는 내 사랑 나르샤 오빠를 외치고 다녔다.

하지만 나르샤 녀석은 제나이스의 기대와는 달리 다소 제멋대로이고, 신경질적이다. 사태를 파악한 제나이스는 내 사랑 기드온 동생을 외치기 위해 짐짓 시동을 걸어댔다(우리 꼬마는 여기서 왜 제외되었는가? 꼬마, 의문의 1패), 아시다시피 아방어벙 기드온에게는 참견해야할 일들이 너무 많고, 이해할 수 있는 것은 너무 적다! 사랑은 아마도 바보 삼룡이 기드온이 학교를 졸업할 때쯤에나 이해할 수 있는 어려운 수학문제 같은 것 일지도 모른다.

그리고 나에 대한 애교는 그 사이에도 쭉 이어지고 있었다. 내가 애정전선에서 제외된 것은 몇 번의 이사 후 벌어졌다. 결혼 후 강화도 고양이신전으로 가기까지, 몇 번의 이사를 겪은 후 안 그래도 두근두근 소심한 소녀는 나를 바라보는 눈빛이 예전 같지는 않다는 후문이다. 아무튼 이 사춘기 소녀는 여전히 고양이신전에서도 핑크빛 염문을 뿌리며 살아가고 있다.

나도 예전처럼 제나이스와 핑크빛 스캔들의 주인공이 될 수 있지 않을까라는 희망을 품어본다. 이제는 제나이스에게 다시는 이사를 가지 않아도 되는 공간을 마련해주었다는 점에서 충분히 그럴 만하지 않은가 싶다.

그럼에도 제나이스에게 미안한 마음은 여전하다. 내가 완전하지 못해서, 제나이스가 바라는 것을 다 들어주지 못해서 받았을 사춘기 소녀의 상처는 아무리 보상을 하려 해도 조금은 때가 지나버린 일이란 걸 잘 알고 있기 때문이다. 나는 고양이처럼 쿨하지 못하다. 그렇다고 기드온처럼 바보스럽지도 않다. 이런 미련스런 집착을 가지고 있는 것은 제나이스가 아닌 나 혼자만의 문제일지도 모른다.

하지만 내가 쓰다듬어주려 손을 내밀면 다가오고 싶으면서도 조심스러워하는 제나이스의 눈빛을 보면 여전히 가슴 한편이 아려오는 것은 어쩔 수 없다.

폐렴을 이겨낸 바보 삼룡이 · 기드온

나는 바보랍니다. 받은 사랑에 무조건 행복해하고, 대책 없이 사랑을 주는….
세상에서 제일 행복한 바보고양이랍니다.

매년 연초가 되면 아내와 이런 대화를 나눈다.

"올해는 아무리 어려워도 우리 기드온, 학교에 좀 보냅시다."

제발 학교에 좀 보내서 우리 바보 삼룡이 기드온을 좀 똑똑하게 만들자고 하는 농담이다.

고양이신전 최고의 어리바리 바보 삼룡이 기드온은 그 얼굴을 보는 것만으로 웃음을 주는 고양이다. 억울함이 묻어나는 눈매는 아루나의 그것과 닮았는데 아루나와는 다른 백치미가 풍기는 '아련한' 억울함이 기드온의 특징이다. 내 자식이지만 아무리 봐도 도무지 기드온의 얼굴에서는 샤프함이나 똑똑함을 찾아볼 수 없다. 그저 보면 볼수록 영락없이 고양이계의 바보 삼룡이라는 느낌만이 보다 선명해진다.

지금이야 웃으면서 이야기 하지만 기드온을 처음 데려오던 날이 생각난다. 기드온은 특유의 어벙함으로 웃음을 주는 고양이었다. 한 동물구조단체의 보호소에서 기드온을 품에 안고 집으

PROFILE 기드온 ♂

- **신전 입성한 날** 2006년 11월 24일
  (당시 2개월령)
- **가족된 날** 2006년 12월 31일
- **별명** 광묘 2호, 아방어벙 삼룡이
- **출신지** 서울 번동
- **사연** 한 동물보호소에서 임시보호 목적으로 구조해왔으나 폐렴 치료하면서 정이 들어서 자연스레 입양 결정하게 되었다.
- **특징** 고양이신전 업둥이 24호. 심한 폐렴으로 입원 및 통원치료 끝에 완치되었다. 엄마, 아빠에게 간호 받던 기억 때문인지 둘이 동시에 예뻐해주는 것을 좋아한다. 넘쳐흐르는 광묘의 끼로 신전을 평정하고 있으며 신전의 견공을 무서워하지 않는 대범함까지 지니고 있다.

로 돌아오던 날, 오는 길 내내 이동장 안에서조차 네 다리로 힘들게 서 있는 모습이 '아이고, 황송하게 제가 어찌 편히 앉을 수가…'라고 말하는 듯한 자세를 취하고 있었다.

기드온은 동물병원에서 받은 건강검진에서 심한 폐렴이 발견되어 집으로 오지 못하고 입원을 하게 되었는데, 뭔가 잔뜩 장치가 붙은 입원실 안에서도 서 있는 기드온의 모습은 반대로 가슴을 짠하게 만들어 버렸지만 말이다.

폐렴을 이겨내라는 의미로 전사라는 뜻을 가진 이름 '기드온'을 붙여주면서부터 기드온의 고양이신전 첫 생활은 병원에서 시작됐다. 코가 완전히 막힌 것에 추가로 바뀐 환경 탓에 기드온은 아무것도 먹지 못했고, 하는 수 없이 아내와 나는 강제급이를 하기 시작했다. 체온을 유지하고자 이불로 돌돌 말아놓은 상태에서 고양이전용 회복식 캔을 주사기로 기드온의 입을 벌려 강제급이를 한 것이다. 그 후로 며칠이 지났고, 우리 부부에게는 '기드온은 지지 않을 것이다. 이겨낼 것이다. 나을 것이다'라는 확신이 생겼다.

누군가 그 근거가 뭐냐고 묻는다면, 의외로 답은 간단하다. 기드온이 아내와 나를 좋아하기 시작한 것이다. 우리가 기드온이 입원 중인 병원으로 찾아가면, 코가 막힌 소리지만 '왜앵'하면서 역력히 반기는 모습을 보였다. 심지어 안아주면 골골대면서 잠을 청하기도 했다.

지금 생각해도 그때의 확신은 근거가 없는 것이라고 본다. 하지만 당시의 느낌만큼은 생생하다. 마치 어제 일처럼…. 왜인지는 모르지만 당시 '서로 사랑하면 기적이 일어날 것이다'라는 확신이 있었다.

하지만 병마와 싸우던 기드온의 상태는 최악이었다. 폐의 3분의 1가량 물이 차 있다고 했다. 내가 비록 의사 혹은 환자 본인은 아니지만 그 정도면 숨 쉬는 것조차 고통스러울 것이라는 것은 예상할 수 있었다. 콧물을 닦아주는 것을 자주하다 보니 코밑이 헐어버린 기드온은 고통스러워했다.

입에 무언가를 물리면 더욱 숨을 쉴 수 없었기에 강제급이를 하는 것조차 고통을 가중시키는 일이었을 것이다. 목과 코는 부을대로 부어서 무언가를 삼키려면 가슴까지 크게 씰룩 움직일 정도로 힘겨워했다. 그러나 나는 절대로 기드온을 포기할 수 없었다. 우리 부부는 매일 찾아가 기드온을 안아주고, 강제급이를 통해서 영양분을 공급해주었다.

가끔 작은 원형테이블에 기드온을 내려줄 때면 기드온은 그 좁은 자유를 맘껏 누리며 뛰어다녔다. 떨어질까 마음은 조마조마하고 숨소리는 바로 넘어갈 듯한 소리를 냈지만 기드온은 그만의 아방어병한 표정을 지어보이곤 했다. 나는 그게 너무나 고마웠다.

그렇게 2주가 지났다. 버텨주는 것만으로 기특했던 기드온은 '전사'라는 뜻의 이름처럼 다시금 자리를 털고 네 발로 땅을 내딛었다.

기드온은 당당히 고양이신전으로 돌아왔다.

고양이 한 마리가 고양이신전 한 가운데 서 있다. 불과 며칠 전 폐렴진단을 받았던 고양이 기드온이 주인공이다. 숨을 내쉴 때마다 쌕쌕 소리가 나는 불완전한 기드온지만 넓은 공간을 마주하자마자 열심히 우다다를 해대는 모습을 보면 그렇게 기쁠 수가 없었다.

기드온은 늘 왁자지껄한 정글 같은 고양이신전에 딱 어울리는 친화력 넘치는 고양이다. 그 뒤로도 수많은 고양이가 고양이신전으로 들어왔는데, 항상 호기심 어린 멍청한(?) 눈으로 새 친구들에게 먼저 다가서는 고양이가 바로 기드온이다.

그 중 가장 죽이 잘 맞았던 형제들은 같은 보호소 출신의 4천사하니엘, 카마엘, 카시엘, 미카엘들이었는데, 덩치는 훨씬 큰 기드온 녀석이 마치 한 배에서 태어난 형제들처럼 함께 우다다를 하고 4천사들을 굴리고 노는 모습을 볼 때면 기드온이 대견하기 짝이 없었다. 고양이신전이 완성된 요즘에도 정원을 당당하게 거니는 유일한 고양이가 기드온이다.

순하기 짝이 없고 고양이나 사람에게 항상 친근한 기드온이지만 딱 한 가지 경우에는 그 누구보다도 힘든 고양이가 되기도 한다. 바로 병원 갈 때다.

아무리 천으로 된 이동장이라고는 하지만 안쪽에 플라스틱이

덧대어진 천인데, 기드온은 이빨로 물어서 이동장을 찢어버릴 정도로 힘이 세다. 병원에서도 기드온을 보정하려고 2명의 의사선생님이 더 붙은 적도 있다.

또 하나 재미있는 사실은 기드의 식성이다. 기드에게 있어 '회복식 캔'은 아마도 아기고양이 시절을 추억하게 하는 그리운 맛인 것 같다. 지금도 기드온에게 약을 먹일 일이 있으면 회복식 캔에 타서 먹이는데, 다른 아이들은 강한 냄새가 나는 간식이라도 약냄새가 나면 먹지 않으려고 하는 것과는 달리 기드온은 회복식 캔이라면 아무리 냄새가 나는 약을 타더라도 한 그릇 뚝딱 비우곤 한다.

어렸을 적 나와 아내의 품에 안겨 먹던 회복식 캔의 맛은 기드온에게 참 행복했던 기억에 틀림없다. 그래서 약을 탄 회복식 캔도 맛있게 잘 먹는 게 아닐까? 기드온이 우리의 사랑을 행복하게 기억하고, 우리를 사랑하고 있다는 것을 느낄 때마다 기드온이 나의 아들이라서 더욱 행복하다. 일본 속담에 '바보는 감기에 걸리지 않는다'라는 속담이 있다. 고양이 기드온도 평생 건강해서 제일 싫어하는 병원에 가는 일이 없기를 바랄 뿐이다.

비록 바보 삼룡이일지라도 누구보다도 사랑받고 사랑할 줄 아는 우리 기드온! 폐렴을 이겨낸 전사라는 명성에 걸맞게 씩씩하게 살아가기를 바란다.

쌍둥이 천사자매 · 하니엘, 카마엘

하늘에서 내려와 보니 이곳은 참 재미있는 곳이군요?
내 친구 천사들에게도, 무지개다리 건너 별로 돌아간 천사들에게도
이곳은 행복한 곳이라고 꼭 말해주고 싶어요.

한 동물구조단체의 보호소는 평상시에도 평판이 좋지 않은 곳
이었다. 나는 아내에게 그 보호소의 사이트는 그렇게도 들어가지
말라고 신신당부했었다. 안 그래도 폭발 직전인 고양이신전의 식
구 수가 그 사이트를 들락날락 하다보면 순식간에 재앙 수준이
될 것이라고 경고 했었던 것이다.

그 보호소에서 한 마리라도 입양하고 싶다던 바람은 기드온을
통해서 이미 이루어졌고, 기드온처럼 건강상태가 좋지 않은 경우
가 다반사이니 되도록 보지도 말라고 했었다. 그러나 역시 훔쳐

먹는 사과가 더 맛있는 법.

몰래몰래 사이트를 탐독하던 아내는 어느 날 조용히 그 보호소 홈페이지를 열어 보여주며 어렵게 말을 꺼내는 것이다. 내가 일찍이 꼬마에게 사기를 당한 것처럼 아내에게도 사기를 자주 당한다. 아내도 나의 캐릭터를 잘 알고 있기 때문에, 다른 수많은 말보다 그냥 사이트를 보여 주는 것이 훨씬 효과적이라는 것을 알고 있었다. 게다가… 약간 비장한 마음까지 먹고 사이트를 보기

PROFILE 하니엘 우

- **신전 입성한 날** 2007년 3월 14일(당시 3주령)
- **가족된 날** 2007년 3월 31일
- **별명** 곰순이, 쿠마코

- **출신지** 서울 목동
- **사연** 한 동물보호소에서 임시보호를 목적으로 구조해왔으나 항문낭염으로 고생하는 모습을 보고 카마엘과 함께 눌러 앉혔다.
- **특징** 고양이신전 업둥 28호. 카마엘과 친자매 사이이다. 애기적부터 한숨을 푹 내쉬며 비련의 여주인공 흉내를 내던 하니엘이지만 놀 때만큼은 누구보다도 열광적으로 논다. 몽실몽실한 몸매가 매력 포인트이며 카마엘과 함께 물놀이를 좋아했다. 2011년 겨울, 무지개다리 너머 고양이별로 떠났다.

시작했는데, 보자마자 '풋!'하고 웃음을 터뜨려 버렸다. 그 사이트에 적혀 있는 고양이의 특징….

'얼굴 큼!!!!!'

객관적이어야 할 특징란에 '얼굴 큼'이라…. 그러나 그 고양이의 사진을 보고선 대번에 그렇게 적을 수밖에 없었음을 이해했다. 정말로 얼굴과 몸통의 비율이 일대일인 고양이가 정면을 보

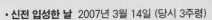

PROFILE 카마엘 우

- **신전 입성한 날** 2007년 3월 14일 (당시 3주령)
- **가족된 날** 2007년 3월 29일
- **별명** 콩순이, 엘, 에~
- **출신지** 서울 목동
- **사연** 한 동물보호소에서 임시보호를 목적으로 구조해왔으나 생사를 넘는 두번의 고비를 겪으면서 평생을 지켜봐주어야겠다는 마음으로 입양을 결정했다.
- **특징** 고양이신전 업둥이 29호. 보호소에서 데려온 네형제(4천사) 중 제일 작았던데다가 두 번이나 무지개 다리 마실 다녀왔을 정도로 약했으나 지금은 안부려 본 말썽이 없을 정도로 말괄량이 아가씨로 자랐다. 고양이답지 않게 물놀이를 제일 좋아하고 좋아하는 과일은 딸기와 방울토마토이다.

며 웃고 있는 것이다. 자, 이제 나의 머릿속에서는 온갖 끼어 맞추기와 자기합리화가 시작된다.

'이 보호소에서 한 녀석이라도 더 데려오는 것은 좋은 일이다.'

'이런 녀석들이면 반드시 입양을 잘 가게 될 것이 틀림없으므로 고양이신전 식구가 폭발적으로 늘어나는 일은 없을 것이다.'

'보호소에 입소한지 하루 밖에 지나지 않았으므로 건강이 급격히 악화될 가능성은 낮다!'

그러고 나서 아내에게 협박 아닌 협박을 했다.

"바로 결정해. 아이들이 입소한지 하루 밖에 지나지 않은 오늘, 가서 다 데려올지 아니면 아예 포기할지."

얼핏 두 가지 중에서 선택을 하라고 굉장히 단호하게 말하는 것 같지만, 이게 데려오자는 이야기지 어딜 봐서 포기하라는 이야기인가? 그리고서 바로 그 보호소로 가서 4천사 '미카엘', '카시엘', '하니엘', '카마엘'을 데려오게 되었다.

지금까지 봐온 아기고양이들은 천사 같다고 표현한 아이들이 많았다면, 이 형제들은 마치 황금비율을 자랑하는 벌레 혹은 곤충 같았다. 머리와 몸통의 그 적절한 비율이란…. 위에서 내려다

보면 마치 털이 난 조랭이 떡처럼 보였으니 말이다.

그 아이들이 뛰기라도 할라 치면, 털 뭉치 2개를 연결한 무슨 이상한 괴생명체가 꾸물거리는 것 같았다. 나중에 안 사실이지만 가장 작았던 카마엘(우리끼리는 그냥 크기를 기준으로 카마엘을 형제 중 막내라고 부른다)만 제외한 세 마리 모두 특징란에 '얼굴 큼'이라고 적혀 있었다.

4천사들은 그동안의 고양이들 중에서도 참 밝은 녀석들이었다. 호도가 완벽한 아기고양이었다면, 4천사들은 '완벽한 형제들'이었다. 격리방에 들어가 누워있으면 제 녀석들이 날 언제 보았다고 내 무릎까지 바득바득 기어올라와 다시 발목으로 미끄럼틀을 타며 놀았다. 내 몸통 위에서 잡기놀이를 하는 것은 예삿일이고 말이다. 아무리 임시보호자라지만 나를 사람으로 보지 않고 잠통이월드(잠통이는 내 인터넷 닉네임이다)로 이용하는 모습을 보고 있자니 분노가 일 법도 했다. 그러나 그 작디 작은 발톱에 찍히는 우리끼리 부르는 소위 '자잘한 아픔'쯤은 느껴지지 않을 만큼 사랑스러웠다. 물론 수많은 자잘한 상처들로 목욕탕에서 시선을 받는 것쯤은 감수해야 했지만 말이다.

4천사들은 같은 보호소 출신인 기드온 녀석과 마치 한배에서
나온 형제처럼 지냈다. 기드온은 조랭이떡 같은 4천사들을 마치
축구공 몰듯이 툭툭 쳐서 드리블하는 놀라운 기술을 선보였다.
하… 만약 다른 고양이들이었다면 혼을 냈을지도 모르지만 우리
바보 삼룡이 기드온에게 무엇을 요구할 수 있었겠는가? 게다가
4천사들도 그런 축구공 취급이 싫을 법도한데 하악 소리 한 번
없이 다 같이 축구에 참여해서 우다다 경기를 치르곤 했다(그날
의 축구공이 된 녀석만 불쌍해서 그렇지 다들 재미있었으니 그걸로 된 건
지도 모른다).

약속은 약속인지라 모두들 입양보낼 곳을 알아봐야 했다. 그러
나 고양이신전에 들어오자마자 뭐가 궁금하다고 무지개다리 마
실을 두 번이나 다녀왔던 카마엘 녀석은 도저히 눈에 밟히고 걱
정이 되어서 보낼 수가 없었다. 이제는 나의 패턴을 대강 아실테
니 결과도 예측가능하시리라 믿는다. 카마엘은 신전의 고양이
가 되었다.

무지개다리 마실까지는 아니지만 하니엘도 항문낭염에 걸려서 병원치레를 하게 된다. 항문을 쥐어짜고 그곳이 보라색으로 퉁퉁 부어서 제대로 앉지도 못하던 하니는 옆으로 누워 한숨을 땅이 꺼져라 쉬어대고 있었다. 그 모습을 보고 그러면 안 되는데 자꾸 피식피식 웃음이 나왔다. 동그란 얼굴을 하고 어찌나 비련의 여주인공처럼 한숨을 쉬어대는지. 또 그 모습이 얼마나 귀여운지. 남은 아픈데 그 앞에서 대놓고 웃었던 죄를 무거이 여겨 하니엘도 결국 신전의 고양이로 남기기로 한다.

그렇게 4천사였던 아이들 중 고양이신전에 남은 하니엘과 카마엘을 쌍둥이 엘자매라고 부르기 시작했다. 자기들끼리 몰려다니는 모습이나 하는 짓을 보면 영락없이 쌍둥이다. 후에 같은 집으로 입양을 간 미카엘과 카시엘(엘모와 조이라는 이름으로 개명하였다)의 사진을 받아보고선 '왜 카마엘의 도플갱어가, 그것도 두녀석이나 있을까?'라고 놀란 적이 있는데, 4천사들은 강력한 유전자의 힘을 보여주는 아이들인가 보다. 집에서 싸움이 나면 항상 몰려다니며 상대를 핍박하니 이거야 원, 형제 없는 녀석들은 서러워서 살겠는가?

이 아이들을 보면서 언젠가는 고양이신전에서도 진짜 피로 이어진 형제들을 낳아서 함께 살아보고픈 은근한 바람이 생길 정도로 부러운 형제들이었다. 깊은 바람은 현실이 된다고 하던가. 그런 바람이 결국 이비엘의 자녀들로 이어진 것 같다.

영원히 엘 자매라 부를 수 있을 거라 생각했던 하니엘과 카마엘 자매의 관계는 하니엘이 지구여행을 마치고 고양이별로 돌아가면서 끝이 났다. 그리고 그 엘 형제라는 타이틀은 이비엘과 그의 아기들에게 물려주게 된다.

이별은 언제나처럼 힘들다. 생각지도 않은 빠른 이별이라면 더욱 그러하다. 어린 나이에 뭐가 급하다고 그렇게 빨리 무지개다리를 건넜는지 누군가에게 향하는지도 모를 원망도 있었다. 그러나 하니엘이 떠난 날을 기억하기보다 살아서 같이 행복했던 나날을 더 기억하려고 노력하는 중이다.

하니엘은 정말로 하늘에서 잠시 내려와 우리에게 행복을 보여주고 떠난 천사가 아닐까 생각하기도 한다. 말썽 한 번 없이 그저 예쁘게, 그저 꽃길만 걸을 것 같던 우리 솜사탕 같은 곰순이는 고양이별 천사들의 모습을 살짝 보여주러 온 메신저였는지도 모른다. 우리가족에게 행복을 전하는 일을 다 마치고 다시 무지개다리 너머로 돌아가 그곳의 고양이들에게 얼마나 재미있게 놀다가 왔는지 이야기하고 있을 것만 같다. 또 내 욕심으로 그 재미있는 이야기 중에 잠퉁이월드가 포함되어 있기를 소망해본다.

내가 무지개다리를 건너는 날이면 다시 만나서 상채기가 얼마가 나던 내 다리 미끄럼틀을 타는 하니엘의 웃는 모습을 보고 싶다.

고양이신전 막내 개냥이 · 티아엘

내가 막내라고 했잖아요,

쳇! 엘 자매 언니들하고 기드온 오빠한테

애교만 부리던 막내시절이 그립기도 하지만 괜찮아요.

나에게 여전히 엄마, 아빠 형제들이 있으니까요.

새로운 동생들한테도 부끄럽지 않은 언니, 누나가 될게요.

일단 고양이신전 막내의 역사를 알아 둘 필요가 있다. 막내의 역사? 그런 것이 있냐고? 그 이름도 빛나는 고양이신전이기에 면면히 흐르는 역사가 분명 존재한다.

우선 고양이신전의 막내족보는 쵸비로부터 시작한다. 나에게 꼬마와 니지가 있었고, 결혼 전의 아내에게 치비와 쵸비가 있었다. 둘이 합치면 이미 네 마리나 되니 그만 들이자고 합의했다.

지금 생각하면 웃음이 나온다. 현재 밑으로 동생이 열 여섯인 쵸비가 막내라고? 후훗. 그렇게 쵸비가 원조 막내가 되었다. 그 다음 막내의 영광을 차지한 고양이는 광묘교주인 호도이다. 지금까지 생각해도 아기고양이시절 미모로 보면 최고였던 호도다. 그렇게 아기고양이 외모가 어울린다는 이유로 잠시 막내라는 타이틀을 거머쥐었다.

그러나 폭풍성장과 함께 도저히 막내라고는 부르기 어려운 7kg의 거묘가 되는 바람에 호도는 이내 막내타이틀을 박탈당하

PROFILE 티아엘 우

- **생년월일**   2007년 4월 6일
- **가족된 날**   2007년 6월 5일 (당시 2개월령)
- **별명**   꼬꼬마, 심퉁이, 개냥이
- **출신지**   경기도 부천
- **사연**   고양이를 키우기 전부터 아내의 로망이었던 아메리칸 숏헤어. 구조 활동 중단 선언과 함께 신전의 막내로 들였다.
- **특징**   카마엘, 하니엘과 친자매처럼 사이가 좋아 늘 셋이서 몰려다니며 물놀이를 즐기곤 했다. 장난감을 던지면 물고 오는 놀이를 좋아해 개냥이라는 별명이 붙었다. 손님들이 오면 제일 먼저 달려가서 반기는 고양이신전 대표 접대고양이이다. 광묘교에 대적하는 넙데데교를 창시해 특유의 뚱한 표정으로 신도님들께 많은 사랑을 받고 있다.

게 되고 그 뒤를 엘 자매들이 이어 받았다.

엘 자매들은 처음으로 단체 막내가 된 경우이다. 태어난 순서를 모름에도 그냥 가장 작고 가냘픈 카마엘을 막내 중 막내라 정해 버렸다. 제 딴에는 신묘하다며 한껏 만족해하는 선무당이 붙여준 막내타이틀이었다.

그 후 막내역사의 한 획을 긋는 고양이가 들어오니 그가 바로 '티아엘'이다.

티아엘은 공식적으로 고양이신전은 구조활동을 접고 더 이상 고양이를 들이지 않겠다고 천명한 후 입양한 아이다(물론 다음 이야기가 있는 것을 보면…. 다 아시리라 믿는다). 고양이신전은 그 시작부터 구조활동과 함께 해 왔다. 그리고 자신을 너무 믿는 통에 구조활동을 영원히 지속할 수 있을 것이라 생각했는지도 모르겠다.

하지만 궁극의 자폐묘, 까뜨린이 격리방을 독점하게 되면서 고양이신전의 구조활동은 위기를 맞는다. 업둥이가 전염병이 있을 경우, 격리방을 함께 써야 하는 까뜨린의 위험부담이 너무 높기 때문이다.

까뜨린은 자폐묘라서 진료나 치료가 어렵다. 만약 작은 병인데 까뜨린을 포획(집에서 포획을 해야 하다니…)하고 병원에 데려갈 경우, 치료효과보다 스트레스로 인한 위험부담이 더 컸다. 그리고 고양이 수가 열을 훌쩍 넘으면서 고양이신전의 고양이 아들, 딸들의 전반적인 불만이 높아지고 있었다.

그때부터 일 것이다. 나의 마음속에 귀촌과 고양이신전 건립을 예정보다 당겨서 실행해야겠다고 생각한 것이….

그런 마음을 먹으면서 아내를 돌아보았다. 고양이를 좋아하던 철모르는 여인에게 구조활동이라는 마음의 짐을 수년 동안 같이 나눠지게 하고도, 정작 아내는 그녀의 처음 꿈을 이루지도 못하고 있었다. 내 자신의 못난 모습과 무신경함에 회한을 느꼈다. 그래서 아내에게 처음으로 아내의 로망고양이인 아메숏_{아메리칸 숏헤}어을 입양하자고 말해 보았다.

지금도 가슴이 아려오는 것이 아내는 티아엘을 들이는 것에 대하여 죄스럽게 생각했었다. 나는 구조활동을 계속하고 싶어 하는

데, 아메숏을 들이면 구조활동을 할 수 있는 공간 하나가 줄어드는 것은 아니냐며….

못난 남자의 소망을 들어주고자 자신의 소망을 죄스러워하는 모습을 보고 있자니 글로는 표현하지 못할 수많은 감정들이 밀려왔다. 동고동락하고 있는 고양이들의 행복한 삶을 위해서라도, 아내의 마음의 짐을 생각해서라도 더 이상의 업둥이는 들이지 말자고 오히려 내가 설득을 하고 고양이신전은 구조활동을 접었다.

고양이신전의 이러한 결정과 맞물려서 만난 인연이 '티아엘'이다. 당시 티아엘의 사진을 몰래몰래 훔쳐보고 가슴 설레하면서도 나에게 말도 못 꺼내던 아내였는데, 그 고양이가 고양이신전의 딸내미로 들어 온 것이다.

아내가 반했던 티아엘은 고양이신전의 막내로서 너무나 훌륭한 아이였다. 엘 자매와 형제처럼 지내라는 소망에서 '엘'이라는 돌림자를 주었는데 그 바람대로 엘 자매는 티아엘을 친동생처럼 아껴 주었고(덤으로 기드온도…. 기드온은 여기저기 안 끼는 곳이 없는 녀석이다) 티아엘은 엘 자매를 친언니들처럼 믿고 따랐다. 돌이켜 보면 더할 나위 없이 소중한 기억들이다.

티아엘과 보낸 시간이 행복만으로 가득 차 있어서 믿기가 어려울 정도였다. 한동안 구조활동으로만 연을 맺어 온 터라 그 때까지 만난 고양이들은 정서적이나 건강상 무언가 힘겨운 과제가 있었다. 그런 고양이신전에 한없이 맑고 밝은, 거기에 건강한 아이가 들어왔으니 지금까지의 고생이 모두 보상받는 느낌이었다.

아마도 눈치 채지는 못했지만 이미 이 부분부터 문제가 발생했는지도 모른다. 행복함만을 느끼다 보니, 예전의 마음고생을 잊었던 것일까. 고양이신전 건립이 구체화되고 실행하면서, 결국 또 업둥이들도 들어오고 자식도 더 늘어나 버렸다.

영원히 막내일 것만 같던 티아엘도 어느새 언니, 누나가 되어버렸다. 티아엘은 이것에 대해서 억울해할지도 모른다. 티아엘의 캐릭터가 조금 변한 측면도 있다. 항상 애교만 부리고 눈을 동그랗게 뜨고 다니던 티아엘이 하악질도 할 줄 알게 되고, 아메숏 특유의 심통 맞은 눈매를 갖추게 되었다.

그러나 티아엘에게 아빠가 굳이 변명을 하자면… '쵸비 언니서부터 호도 오빠를 이어, 엘 자매 언니들도 자신들이 영원히 막내일 줄 알았단다. 그리고 엄마, 아빠 마음속에서는 우리 아가들 모두가 막내란다'라고 일러주고 싶다.

티아엘은 지금도 행복하게 살고 있다. 새로 생긴 동생들에게 이것저것 가르쳐 주기도 하고, 동생인지 언니인지 알 수 없는 새로운 식구와 기싸움을 즐기기도 하고 그 아이와 서로 의지하기도 하고. 여전히 아무 말썽 없는 예쁘기만 한 고양이로 엄마, 아빠의 사랑을 독차지하기도 하고. 이런 내 마음을 티아엘이 알랑 가 모르겠다. 몰라도 괜찮다. 티아엘은 조금 힘겨운 삶의 방식을 걸어오던 고양이신전에 새로운 가능성을 열어 준 고양이기에.

세상을 살아가는 방식은 두 가지다.

첫째는 문제를 해결하며 살아가는 방식이고, 두 번째는 좋은 것만을, 행복한 것만을 누리며 그러한 행복을 세상에 널리 퍼뜨리는 방식이다.

구조활동을 지켜보았던 고양이신전의 신도들은 고양이신전에

서 눈물과 감동을 느꼈다고 말해왔다. 그러나 티아엘을 맞이하면서 우리는 두 번째 삶의 방식을 걸어가기로 했다.

티아엘은 그 이름처럼 우리에게는 천사 같은 아이다.

버찌오빠 품에 포옥 기대어 · 마레 시에나

다른 언니오빠 고양이들도 좋지만,
난 버찌오빠 팔에 기대어 잠이 들 때가 제일 행복한 걸요.
나보다 십 수배나 큰 버찌오빠가 세상에서 제일 좋아질 줄 누가 알아겠어요!

2008년 10월 4일 천사의 날에 우리 부부에게 천사아이가 태어났다. 아이의 태명은 버찌. 버찌는 자신이 고양이들이 버글버글한 고양이신전에서 태어날 것을 예감이라도 했던 걸까? 태몽으로 호랑이 꿈을 꾸었으니 말이다. 그것도 조롱조롱 작은 황색호랑이들 틈에서 커다란 하얀 호랑이가 나에게 뛰어드는 꿈이었다.

일정기간 조리를 마치고 버찌는 고양이신전으로 돌아왔다. 고양이들도 자신들의 대장고양이 될 버찌동생의 탄생과 귀환을 열렬히 환영했다. 어쩌나 관심들이 많은지 삼칠일동안 격리한 방

문이 열릴 때마다 문틀이 닳는 소리가 현관 너머까지 들렸다고
한다.

"나에게 자식이 생긴다면, 어려서부터 고양이들과 함께 하게
하리라. 또 그 아이의 동생 고양이를 만들어 사랑과 책임을 느끼
며 자라게 하리라."

예전부터 내가 품어 온 소망 중 하나다. 그리고 어느새 현실로

PROFILE 마레 시에나 우

- **생년월일**   2010년 7월 5일
- **가족된 날**   2010년 9월 28일 (당시 3개월령)
- **출신지**   인천 구월동

- **별명**   오빠쟁이, 요조숙녀
- **사연**   우리 부부에게 아이가 생기면 형제 같은 고양이를 들여서 함께 자라
          나게 하고 싶다는 바람으로 버찌군이 세 살 때 입양했다.
- **특징**   상냥하고 다정한 성격의 마레는 늘 있는 듯 없는 듯 지내다가도 버
          찌오빠만 보이면 달려와서 데굴데굴 발라당거리며 애교를 부린다.
          버찌군이 옆에서 뛰고 난리를 쳐도 절대 도망가지 않는 유일한 고
          양이다. 버찌오빠에게 기대어 잠들 때가 마레에게 가장 행복한 시
          간이다.

이어졌다. 사실 마레가 고양이신전의 딸이 되고 나서 참 걱정을 많이 했었다. 버찌는 아직 아기라서 몸을 세련되게 움직이지 못하는데 혹시나 어린 고양이가 많이 놀라거나 다치기라도 하면 어떻게 할까? 마레는 그런 걱정을 무색하게 할 정도로 관대한 고양이라 버찌의 세련되지 못한 몸놀림을 다 받아 주고, 또 사랑이 가득한 아이라 버찌를 무척이나 따른다.

아이와 고양이와의 교감이라는 것은 참 놀라울 정도다. 버찌의 동생으로 들이자는 것은 우리의 바람이지 그것이 꼭 이루어지라는 법은 없다. 그러나 마레는 엄마, 아빠보다도 버찌 오빠를 더 좋아하는, 그야말로 우리의 바람을 정확하게 이루어 내는 고양이다.

마레가 고양이신전에 온 초기, 버찌는 작은 아기전용침대요람에서 잠을 잤다. 아직 몸집이 작았던 마레는 힘들게 그 침대에 기어 올라 버찌의 어깨나 가슴에 머리를 얹고 잠이 들곤 했다. 이제 버찌가 제법 소년티가 나기 시작하여 가슴에 머리를 얹으면 목이 많이 아플 정도가 되자 마레는 버찌의 다리에 포옥 기대어, 혹은 배에 올라와 잠을 자곤 했다.

마레는 참 순하디 순한 아이다. 다른 고양이들에게 모진 소리 한 번 하지 못하고 언제나 선한 눈으로 주변을 응시하는 조용한 아이다. 그런 마레가 고양이신전의 대부분의 고양이들이 피하는 에너자이저 악동 버찌 오빠를 따른다는 것은 놀랍기만 하다. 아기였던 버찌가 이제는 소년이 되어 가면서 세상을 향한 호기심과 탐험심으로 고양이들과 놀기 보다는 뛰어놀기 특히 정원에서 뛰어놀기를 즐겨하게 되었다.

버찌가 집안에서 미끄럼틀을 탈 때나, 정원에서 잔디밭에 물을 줄 때나 그 주변에는 마레의 시선이 항상 따라다니고 있다. 정원에 있을 때에는 창틀에 앉아서 버찌 오빠를 유심히 바라보고 있는 마레를 보면 '정말 버찌의 동생이구나'라고 생각하게 된다.

초등학생이 되어 버린 버찌 오빠도 마레의 지극한 사랑에는 점차 응답 하는 것 같다. 받아쓰기 공부를 할 때나 밥을 먹을 때에도 여전히 오빠 옆에서 누워 몸을 기대어 오는 마레를 버찌는 마치 오랜 버릇처럼 쓰다듬기도 한다. 가끔은 서로 코가 닿을 듯 마레 얼굴에 바짝 들이밀고 마레의 눈을 바라보며 '예쁘네, 정말 예쁘네'를 연발한다. 이제는 더 커져버려서 몸 어디에도 기댈 수

나의 잠을 지켜줘 2016 ⓒ TWEE

없게 되었지만 베개 머리맡은 항상 마레의 차지다. 그렇게 사람과 고양이가 형제를 이루며 오늘도 쑥쑥 자라나고 있는 중이다.

마레가 비록 버찌의 동생이지만 마레의 깊은 눈을 보고 있노라면 버찌가 앞으로 살아가는 것에서도 한결같이 버찌를 지켜봐 줄 것 같은 든든함도 느껴진다. 버찌의 동생이면서도 버찌를 지켜줄 것만 같은 마레 시에나. 너와 같은 고양이를 고양이신전의 딸로 맞이하게 되어서 참 행복하단다.

네가 버찌를 지켜주는 것처럼 우리는 너를 항상 사랑으로 감싸고 지켜줄게.

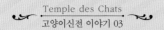

Temple des Chats
고양이신전 이야기 03

고양이처럼 사랑하고 고양이처럼 살아가기

고양이는 개보다 머리가 좋다.
고양이 여덟 마리에게 썰매를 끌라고 하면 거절할 것이다.

- 제프 발데즈 -

요다라 불리운다오! 철부지 아가씨 · 체셔

묘생이 뭐 그렇더라고. 눈 깜짝할 사이에 엄마가 되어 버리고….
난 내 몸도 잘 씻지 않고 돌아다니길 좋아하는 철부지였는데,
정신을 차리고 보니 엄마가 되어 있더라고.
그래도 이젠 다시 아기처럼 굴 수 있어서 행복해.

'이젠 고양이사이트가 아닌 곳에서도 업둥이를 데려오는군!'

'체셔'와 그 아기들을 업둥이로 들이고 아내와 나눈 탄식이다.

왜 그랬을까?

뭔가 이유를 모를 때는 그냥 묘연이라고 치부해버리는 고양이
신전이지만, 지금 생각해도 왜 데려왔는지 알 수 없는 상황에서
체셔와 두 아이는 고양이신전에 들어왔다. 물론 모두 입양을 보

내겠다는 헛된 자기다짐을 했지만 말이다.

오랜만에 입양 알선을 다시 해 보게 되었더니 역시 감이 많이 떨어져 있더라. 한 아이는 파양 후 재입양이라는 복잡한 절차를 걸쳐 가게 되었고 그 경험으로 '역시 우리는 이제 구조나 입양 알선은 하지 말아야겠다'는 생각을 다시금 하게 되었다. 이런 일들은 꾸준한 활동을 하다 보면 '감'이라는 것이 생겨서 궁합이 딱 맞는 부모를 알아보는 힘이 생기는데, 쩝! 이제는 영 '아니올시

PROFILE 체서우

- **신전 입성 한 날** 2010년 11월 24일(당시 2살령)
- **가족된 날** 2011년 4월 4일
- **별명** 걸레, 요다

- **출신지** 경기도 화성
- **사연** 유실묘로 추정된다. 조금씩 구조활동을 재개하면서 임시보호 목적으로 데려왔으나 애잔한 애교로 아빠를 녹여 눌러 앉게 되었다.
- **특징** 고양이신전 업둥이 32호. 고양이신전에 몇 안 되는 절대적인 아빠쟁이이다. 아빠의 얼굴을 부드러운 손으로 어루만지는 것을 좋아함. 고양이신전의 유일한 장모고양이인데 빗질을 제일 좋아하고 빗질받을 때 제일 행복해한다. 가끔씩 인형같이 미동없는 모습으로 손님들을 깜짝깜짝 놀라게하는 재주가 있다.

다'란 말이다.

아무튼 체셔의 두 아이들은 아이기도 하고 코숏에 가까운 믹스 고양이라 그나마 이상한 걱정(?) 없이 보낼 수 있었다. 그렇지만 성묘이고 페르시안 종인 체셔는 조금 더 고양이신전에서 시간을 보내기로 하였다. 중성화를 하지 않고 그냥 보낼 경우, 아이를 생산(?)하는 것만이 목적인 '모묘(母描)'로 살아갈 가능성이 있고, 앞서 말한 바와 같이 감이 떨어진 신전지기들로서는 좀 더 신중히 결정해야만 했기 때문이다. 육아로 살이 많이 빠진 체셔의 건강을 북돋우고 중성화를 하는 동안 이런…. 체셔와 나와의 사이에서 묘한 감정이 싹 터버렸다. 아내와 매일 논쟁하는 부분이긴 하지만 최소한 나의 기억으로는 내가 먼저 나서서 고양이들을 눌러 앉히자거나 입양하자고 한 경우는 거의 없다.

그런데 체셔는 나에게 강하게 '아빠!'라고 어필하기 시작하고… 나는 그냥 거기에 화답(?)을…. 또 변명을 하자면 이 녀석 애틋한 면이 있다. 예쁨을 받고 싶을 때 고양이들이 컴퓨터작업을 하는 사람의 시야를 가리고 키보드를 점령하는 것은 예사로운 일인데, 체셔는 조금 다르다.

녀석은 벌떡 일어서서 발톱을 하나도 내놓지 않은 보드라운 손으로 내 얼굴을 어루만지는(?) 것이다.(걸을 수 없을 정도로 다리에 감기는 것은 수시로 있는 일이고…) 이 상황이라면 어느 누구의 강철 같은 마음도 녹을 수밖에 없을 것이다!!!(내가 애틋한 감정표현에 약하다는 사실은 쵸쵸의 경우에서 이미 아셨으리라)

체셔를 부르는 이름은 다양하다. 물론 외모를 보고 소설 〈이상한 나라의 앨리스〉에 나오는 고양이 이름을 따서 체셔라고 이름을 지었지만, 가끔은 이런 생각이 들곤 한다.

'요다로 지을 걸 그랬나?'
'걸레라고 지을 걸 그랬나?'

체셔가 배를 드러내 놓고 널브러져 있으면 아내와 난 서로에게 '누가 걸레를 거실 한가운데 버려두라고 했어!? 최소한 빨아놓기라도 하고 놔야 될 거 아니야!?'라며 버럭 놀이를 하곤 한다. 이 속편한 아가씨는 괜스레 별칭이 '걸레'인 게 아니다(체셔야 미안). 사실 장모종이면 그루밍을 좀 열심히 해야 할 것 아닌가?

그런데 노는 것에만 정신이 팔려 있어 형제들 지나가면 숨어 있다가 '왁!'하고 뛰어나오는 놀이나 잡기놀이에만 하루를 보내니…. 얼떨결에 '옹드레 강 뷰티숍'이라는 무허가 야매 미용실을 차리고 손님 받기에 바쁜 나날이다.

잠깐 뷰티숍 이야기를 하자면 이것도 참 못해 먹을 짓이다. 티아엘과 체셔가 주요 단골손님인데 이 손님들의 매너가 영 아니란 말이다. 한 손님을 모시고 있을 땐 보통 순서를 기다리는 것이 상례 아니던가? 서로 먼저 하시겠다고 머리를 들이미시다가 결국엔 투덕투덕 머리끄덩이를 잡고 싸우시니, 생계를 위해서 차린 숍이지만 당장이라도 때려치우고 싶은 심정이다(머리손질 중에 관리사의 손을 끌어안고 무는 비매너는 이제 익숙해지기까지 했다).

물론 처음부터 체셔가 그랬던 것은 아니다. 바야흐로 2011년 4월, 처음 체셔를 만나기 위해 임시보호자 분을 만나러 간 곳은 한 회사의 기숙사였다. 상황이 그런지라 도저히 오랫동안 아이들을 맡을 수 없으셨을 것이다. 그곳에서 만난 체셔는 얌전하기 그지없는 조용한 아가씨였다.

고양이신전의 딸로 다시 태어난 체셔를 그때와 비교해 보면 지금은 그저 철모르는, 아가씨라고 하기에도 어렵다고나 할까? 아가씨보다 훨씬 더 어려보이는 아깽이 같은 느낌의 고양이가 되었다. 이 아이가 새끼를 낳고 길렀다는 사실도 뭔가 참 아이러니한 느낌이다. 또 고양이신전에서는 접해보지 못한 페르시안 고양이라 처음에는 더 조심스러웠던 것도 사실이다. 그러나 이제 다시 아깽이가 된 체셔는 신전의 여느 고양이들과 다를 바 없는 말괄량이 고양이가 되어 가고 있다.

　앞으로도 오랫동안 영원히 자라지 않는 아깽이로 행복하게 살아가길 바란다.

환생을 믿나요? · 마누엘

고양이는 9개의 목숨을 가지고 있다.
사람과 행복한 삶을 산 고양이는 무지개다리를 건너 고양이별에 돌아갔다가
8개의 목숨을 가진 고양이로 환생을 한다.
그리고 마치 기대치 못한 4월의 눈처럼 전생의 엄마, 아빠 앞에 다시 나타난다.
그러니 너무 슬퍼하지 말자. 우리가 행복할 기회는 아직 8번이나 남아 있다.

고백하건데 나에게 있어 마누엘은 있는 듯, 없는 듯한 고양이
었다. 아내의 마음을 사로잡아 고양이신전에 들어온 마누엘은 사
고를 치지도, 그렇다고 특별한 애교도 없이 그저 건강하고 발랄
한 표준 고양이었다. 버릇이 잘못 들어서인지 아니면 원래 못난
사람이라서 그런지 나는 뭔가 모범적인 고양이들을 잘 돌보지
않는 경향이 있는 듯하다. 꼬마에게 그랬고 마누엘에게 그랬다.

분명 그들을 사랑하는데 모범고양이에게는 한 번이라도 눈길,

손길이 덜 가는 것도 사실이다. 그런 마누엘이 지금은 내가 가장 예뻐하는 고양이가 된 것은 놀라운 일이다.

검은 머리 파뿌리가 되도록 해로하자는 굳은 약속 따위를 들먹이면 너무 아저씨 같은 말일까? 강화도에 오기 전에는 파뿌리가 어떻게 생겨먹었는지 본 적도 없는 나지만, 막연히 나도 고양이들과 아주 오랫동안 해로하기를 바라고 있었다. 하지만 그 바람이 자연의 법칙을 거스를 수는 없는지라, 고양이들이 나보다 먼

PROFILE 마누엘 ♂

- **생년월일** 2011년 1월 30일
- **가족된 날** 2011년 4월 11일 (당시 3개월령)
- **별명** 골목 대장
- **출신지** 인천 구월동
- **사연** 장기탁묘를 마치고 돌아간 겸이, 난이의 빈자리를 채우려 하였다고 아내는 주장하지만 그냥 예뻐서가 아닐까 추측한다.
- **특징** 심통 맞은 표정과는 달리 애교 많고 정도 많다. 특히 발라당거리며 애교를 피우는 게 특기이며 이때 배를 만져주면 매우 좋아한다. 이비의 애기들이 막 태어났을 때 보모 역할을 자처하더니, 그 후로는 그 애기들을 이끄는 골목 대장이 되어서 우르르 몰려다니며 사고를 치고 있다.

저 고양이별로 돌아가는 것을 경험해야만 한다. 만약 당신에게 고양이가 많다면 그 고통의 경험도 남들보다 많을 것이다.

고양이신전도 역시 그 고통의 경험을 남들보다 몇 배 더 감당해야 하는 숙명을 피할 수 없었다. 그렇게 고양이신전의 고양이들이 하나, 둘 무지개다리를 건너는 것을 경험한 뒤 나는 아주 커다란 진흙탕 속을 걷는 기분이 들었다. 항상 불행한 것은 아니지만 고양이들을 보아도 더 이상 그저 마냥 밝게 웃을 수 없는 상황이 된 것이다. 그럴 때 그런 질척거리는 느낌 속에서 나를 꺼내 준 것이 그저 그런 모범고양이로 생각했던 마누엘이다.

마누엘이 모범고양이라고 하지만 나에게 혼나는 빈도를 보면 아주 조금은 모범에서 불량 쪽으로 기운 고양이일 것이다. 워낙 형, 누나들과 나이차이가 많이 나는 바람에 젊은 혈기를 이기지 못한 마누엘의 장난질은 노친네 고양이들의 심기를 건드리기 일쑤였다. 오늘도 놀아보려는 마누엘이 동네 어귀에 뜨면 그 동네에는 온갖 하악질과 노친네들의 나 죽네 소리가 담장을 넘었다. 그러면 어김없이 내가 '마누엘!'하고 꽥 소리를 질렀고 마누엘

은 아메숏 특유의 심통 맞은 표정을 지으며 어디론가 종종걸음을 재촉한다.

그런 가운데 임신고양이인 이비엘이 고양이신전에 입성하고 새끼를 낳았으니, 가장 큰 위험요소는 마누엘인 것은 당연해 보였다. 그러나 이것이 웬일인가? 막내인 철부지 마누엘은 이비엘의 옆에서 산파노릇을 하고 있었다. 출산박스 앞에서 불침번을 서는 것은 물론이거니와, 이비엘이 바쁜 육아에 깜빡 잊은 끼니를 채우려 자리를 비우면 대신 자리를 차지하고 어미고양이인 척 연기를 꽤나 그럴싸하게 했다.

새끼고양이들이 눈을 뜬 뒤로 가짜 어미 역할은 더 이상 할 수 없게 되었지만 대신 듬직한 문지기역할로 재빠르게 변신을 하였다. 꼬물꼬물 세상탐험을 다니기 시작한 새끼들의 일탈을 보면 부리나케 물어다 다시 출산박스 집으로 돌려보내는 엄한 역할도 마다하지 않았다. 마누엘이 수 주일동안 그렇게도 좋아했던 장난질과 우다다 달리기를 금단현상 없이 한 번에 끊은 것도 신기한 일이었다.

아기고양이들이 누구나 그러하듯이 이비엘의 아기들도 폭풍성장을 해서 본시 덩치가 작은 고양이인 마누엘보다 훨씬 크고 무거워졌다. 요즘 자신보다 갑절은 큰 다니엘의 똥꼬를 그루밍해주는 마누엘을 보면 뭔가 하고 싶은 말이 많다. 먼저 다니엘보다 마누엘 자신의 똥꼬나 좀 잘 관리하고 다녔으면 하는 아비로서의 바람과 그럼에도 그런 모습이 너무 자랑스럽고 사랑스럽다는 말을 꼭 전하고 싶다.

마누엘이 중성화를 하지 않았더라면 아주 멋진 아빠 고양이가 되었을 거라는 상상을 하다보니 누군가 잊고 있었던 아주 비슷한 녀석이 마음속에서 떠올랐다. 그 녀석은 바로 부성애의 화신인 고양이 '언니'다. 언니는 자신의 자식이 아닌 녀석들까지 거둬들여 아비 노릇을 하곤 했다. 자신은 굶주리면서도 겨우 얻어 온 먹이들을 남의 새끼들에게 먹이고는 혹시나 다른 큰 고양이들이 빼앗아 먹을까 봐 곁에서 새끼들을 지키고 있곤 했다. 마누엘이 하는 행동은 언니의 행동과 아주 비슷했다. 아주 오래 전 처음 구조활동을 시작했을 때가 떠올랐다. 당시 나는 무지개다리를 건너는 고양이들을 보면서 '내 생애 이 아이들을 다시 만난다면 더 잘

해주리라. 적어도 이와 같은 아이들을 만나면 더 공부해서 다음 번엔 쉽게 보내지 않으리라'고 다짐했다.

내 바람이 이루어지려는 걸까. 어느새 마누엘은 그렇게 언니와 같은 모습으로 언니가 환생한 것 마냥 같은 행동, 다른 모습으로 내 곁에 다가와 있었던 것이다. 내게 또 한 번의 기회를 주려고 온 것처럼 말이다.

마누엘만이 아니다. 이비엘은 질투심 많고 자기세계가 강한 모습이 니지를 꼭 닮았다. 이비엘의 새끼 중 유일한 남자고양이인 다니엘은 장난을 좋아하고, 능청스러우면서도 소심한 성격인 것이 나의 첫 고양이 꼬마를 꼭 닮았다. 부끄럽지만 몸무게가 10kg을 목표로 하고 있다는 점도 비슷하다. 반면에 리베엘은 비련의 주인공 놀이를 좋아하던 하니엘의 성격을 꼭 닮았다.

사람은 행복이 커질수록 더욱 두려워진다. 단지 그 행복이 사라질지 모른다는 불안감만으로도…. 마누엘은 나에게 그런 불안감을 날려버리게 해주었다. 그래서 나는 지금 내 사랑했던 고양이들이 환생해 나에게 온 것이 아닐까하는 달콤한 꿈을 꾸고 있

다. 나는 과학자도, 철학자도 아니므로 그것이 진실임을 밝힐 능력도, 그럴 마음도 없다. 다만 지금 행복해 하고 있다.

고양이와 함께 하는 사람이라면 누구에게나 두 번째 기회, 세 번째 기회가 주어진다고 믿는다.

거묘창조라 부르고 뚱맥이라 읽는다
· 이비와 아기들

엘로드(L-Rod)라는 것을 아세요?

왜 수맥 찾을 때 양손에 들고 쓰는 꺾어진 금속막대 말이에요.

그 엘로드를 고양이신전에서 써 보면요. 글쎄 수맥 대신 뚱맥이 흐른대요.

모든 고양이들이 거묘(巨描)로 자란다는 전설 속의 뚱맥이요."

뚱맥의 시작은 고양이신전 초기부터 시작되었다. 8kg이나 나가는 꼬마와 여자고양이임에도 6kg이 나가던 니지가 나의 첫째와 둘째 고양이었으니 말이다.

일단 젖과 꿀이 흐르는 뚱맥동산을 만드는 레시피를 살펴보자.

먼저 한 세상을 사는 거 꼭 그렇게 살을 빼야 하나라고 생각하는 무책임한 아빠가 필요하다. 그리고 영양실조를 겪어서 식탐이 있거나 길에서 살던 시절 눈에 먹는 게 보이면 일단 먹어 두자를 신조로 삼은 고양이들이 더해진다면 완벽한 레시피!

설상가상 형제들끼리 경쟁이 붙어 식탐이 없는 아이들까지 대식을 하게 만드는 양념을 조금 치면 요리의 완성도가 더욱 올라간다.

고양이신전은 그런 의미에서의 뚱맥 미식가들의 천국과도 같은 곳이다.

변명 같지만 고양이신전도 뚱맥의 저주를 끊고자 노력하지 않은 것은 아니다. '내일은 없다! 사료파티를 벌려보자'는 식의 세

PROFILE 이비엘 우

- **가족된 날** 2012년 9월 4일
- **별명** 이비아지메, 엄마고양이
- **출신지** 서울
- **사연** 다른 종의 고양이와 실수로 임신이 되어버려 믹스 새끼가 나오게 생겼다며 방치 중이었던 걸 지인을 통해 구조 후 임시보호 목적으로 데리고 왔다. 그러나 출산 후 이비의 모성애에 감동하여 이비 가족들을 모두 한집에서 살게 하고픈 마음에 모두 입양하기로 결정했다.
- **특징** 고양이신전 업둥이 41호. 막 출산한 후에는 엄청난 모성애를 보여서 네가족이 눌러앉게 만들어 놓고선 아이들이 장성하니 육아에 손을 훌훌 털고 자유로운 영혼으로 지내고 있다. 엄마가 가는 곳 어디든 쫓아다니면서 엄마쟁이 1호인 쵸쵸와 사사건건 부딪치며 견제 중이다. 애교가 넘쳐서 무릎 위는 당연히 이비의 자리고 손님들이 오시면 손님들께도 무릎냥이가 되어드리는 접대냥이다.

기말적 분위기가 끝나고, 웰빙열풍이 불어 닥친 것이다.

사료의 연못에서 헤엄치고 간식의 숲에서 산책하던 고양이신전의 고양이들은 충격을 금치 못했다. '이처럼 잘 먹는 것보다 더한 웰빙이 어디에 있는가?'를 강하게 주장해 보았지만 세상의 시선은 이미 돼냥이돼지와 고양이의 합성어들에게 미소를 짓지 않았다.

마침 중년 고양이들이 늘어가던 터라 성인병 예방을 위해서라도 고양이신전도 강도 높은 다이어트를 시도해 보기로 하였다.

PROFILE 리베엘 우

- **생년월일**   2012년 6월 27일
- **가족된 날**   2012년 9월 4일
- **별명**   곰순이, 맏내(맏이+막내)
- **출신지**   인천 강화도
- **사연**   고양이신전에서 처음으로 출산한 경우라 정이 많이 가기도 하고 엄마인 이비의 모성애에 감동하여 어미와 새끼들이 헤어지지 않고 함께 살게 하고픈 마음에 모두 입양했다.
- **특징**   고양이신전 업둥이 42호. 이비가 낳은 삼형제 중 첫째로 태어났으나 막 태어났을 때 엄마 젖도 못찾을 정도로 어리바리 둔한 성격 때문에 막내같은 느낌이 든다. 엄마인 이비를 닮아서 벽에 기대어 앉아 있는 것을 좋아한다.

사료를 그릇에 가득 부어놓고 원할 때마다 먹는 자율급식에서 정해진 양을 정해진 시간에 먹고 남기더라도 모두 버리는 제한급식으로 바꾼 것이다.

이를 위하여 금단의 마법인 '밥스노트' 따위를 이용하기도 하였으니 신전지기들의 의지가 얼마나 강력했는지 알만도 하다.

뚱맥의 역사는 이렇게 때에 따라 흥하기도 하고 쇠하기도 하면서 면면히 고양이신전과 함께 해 왔다. 그러던 중 이제는 역사를 넘어 뚱맥신화를 다시 쓰게 되는 고양이들이 생겨나니 그것은 이

PROFILE 다니엘 ♂

- **생년월일**   2012년 6월 27일
- **가족된 날**   2012년 9월 4일
- **별명**   거묘군, 돼냥이

- **출신지**   인천 강화도
- **사연**   리베엘과 같다.
- **특징**   고양이신전 업둥이 43호. 이비가 낳은 삼형제 중 둘째. 형제 중 애교 최강. 극강의 애교로 사람이고 고양이고 두루두루 다 친함. 막내인 랑이에게까지 애교를 피울 정도다. 혼날 짓을 해도 애교로 무마가 된다. 식탐 최강. 덕분에 고양이신전의 초대 거묘였던 꼬마의 기록을 단숨에 뛰어 넘었다.

비엘과 그의 아기고양이들이었다.

처음 고양이신전에 들어 온 이비엘은 나이를 가늠하기 어려울 만큼 말라 있었다. 접골사도 아닌 내가 경추 1번에서부터 척추 7번 뼈까지는 하나하나 만져서 구분할 수 있었을 정도니 말해 무엇하랴(등을 만지면 톱니바퀴를 만지는 기분이었다).

게다가 영양실조로 등이 많이 휘어 있어 마치 척추후만증 환자 같았으니 정말로 접골기술을 배워야하나 심각하게 고민도 했었다면 사람들은 믿을까? 날이 밝아 건강검진을 위해 병원을 찾아갔다.

그리고 그 작은 몸속에 새끼들까지 있다는 사실까지 알아냈을

PROFILE 가브리엘 우

- **생년월일** 2012년 6월 27일
- **가족된 날** 2012년 9월 4일
- **별명** 까불이
- **출신지** 인천 강화도
- **사연** 리베엘과 같다.
- **특징** 고양이신전 업둥이 44호. 이비가 낳은 삼형제 중 막내. 눈도 못 떴을 시절부터 하악대던 소심쟁이지만 본 성격은 매우 까분다. 새로운 곳에는 꼭 들어가봐야 하고, 벽에 생긴 반짝이는 것은 다 잡아봐야 하는 성격 덕분에 매일매일 모험에 가득찬 하루를 보내고 있다.

땐 아주 잠시나마 정신이 살짝 딴사람(녹색의 커다란 괴물 따위로)으로 변신하고픈 충동도 들었다.

가끔 꼬리가 뭉툭하거나 꺾어지거나 혹은 짧은 고양이들을 볼 수 있다. 어미고양이가 임신시기에 영양이 부족하면(특히 칼슘) 배 속의 새끼고양이들이 그렇게 꼬리기형으로 태어난다고 한다.

이비엘이 고양이신전에 들어올 당시의 영양상태로만 보면 배 속의 새끼들은 아예 꼬리가 없이 태어날지도 모른다는 걱정이 엄습했다. 그래서 헐크로 변신했을 때 바지는 어쩌나 하는 망상 따위로 시간을 보낼 수만은 없었다. 바로 뚱맥의 정기를 받을 수 있도록 치성을 드려야 했기 때문이다.

영양제를 종류별로 균형을 맞추어 사료와 섞어 먹였다. 사료 양도 풍년을 맞은 농부의 인심처럼, 남아도 절대 부족하지 않게 신경 썼다.

그렇게 태어난 아이들이 리베엘, 다니엘, 가브리엘이다. 아기 고양이들이 태어나고 하나하나 꼬리가 휘지는 않았나, 짧지는 않은가 확인을 하는 나의 모습이 참 뭐하는 짓인가 싶기도 하였다.

모두 자존심 드높은 곧은 꼬리를 가졌다는 사실을 확인하고 마치 대단한 대회에서 상이라도 탄 모양으로 기뻐하는 자신의 모습을 보며 '아! 나란 녀석 참 소소하구나!'라고 스스로 부끄럽기도 했다. 하지만 '저 말라비틀어진 고양이가 새끼를 낳는 게 가능이라도 한가?'라고 수도 없이 자문했던 시간들을 생각해 보았다. 새끼들이 놀랄까 봐 한창 조용히 해야 하는 출산박스 앞에서 기뻐 소리지르는 따위의 민폐는 누구라도 용서해주리라 믿었다.

다만 내가 그들의 할애비라는 것을 모르는 아기고양이들에게 첫인상이 고약하게 각인되었는지 그 뒤로 녀석들은 이 시끄러운 이방인에게 하악질을 수시로 해댔지만 말이다.

그렇게 시작도 범상치 않아서일까? 아기고양이들의 식성은 식탐이라고 부를 만한 것이었고 뼈대도 다른 고양이들보다 한참은 컸다. 시작마저 거대했는데 그 끝이 어찌 창대하지 않을수 있을까?

꼬마의 환생이라고 믿고 있는 다니엘은 거묘라는 측면에서만 보자면 급기야 꼬마를 뛰어넘었다. 10kg 거묘신화의 주인공이 된 것이다!

리베엘, 다니엘, 가브리엘은 거묘 특유의 저중심설계로 인해 팬더곰처럼 털썩 주저앉는 것에 특화가 되어 있는 모양이다. 계단실에서 계단을 하나씩 차지하고 털썩 주저앉아 있는 모습이나, 벽에 기대어 둘 혹은 셋이서 나란히 털썩 주저앉은 모습이 자주 목격되곤 하니 말이다.

건강에도 좋지 않을 텐데 왜 뚱뚱한 고양이 이야기를 이렇게나 늘어놓는지 의아한 사람들도 있을 것이다. 그러나 고양이신전에서 뚱맥이라는 것은 특별한 의미가 있다.

워낙 아픈 고양이들, 정신적으로 상처받은 고양이들이 많이 거쳐간 곳이라 고양이신전에서는 마른 것 보다는 통통한 것이 좋았고, 적게 먹기 보다는 충분히 먹는 것이 더 옳은 일이었다.

어찌 보면 뚱맥이라는 것은 고양이신전을 거쳐 간 고양이들에게는 지켜야만 하는 하나의 미덕이었다. 그들에게 뚱맥은 치유와 삶에 대한 희망과 같은 것이었다. 또 고양이신전 고양이들에게 뚱맥이란 함께 나누어 짊어져야만 했던 구조활동의 짐이었는지도 모른다.

영양실조 고양이가 들어오면 다함께 간식파티를 하는 일이 많았고, 제한급식을 하던 때라도 자율급식으로 바꿔야만 했다. 아픈 고양이가 들어오면 환자고양이가 먹다 남은 고열량 처방식을 조금씩 나눠먹는 행운이 있기도 했다.

그렇게 나와 아내, 고양이들이 나누어 진 짐이 뚱맥이고 무엇보다 우리는 한 가족이라는 하나의 표징이 되었다.

비캣즈 2016 ⓒ TWEE

나의 로망고양이를 기억해내다 · 비숍

내 로망고양이가 무어냐고요? 흠, 예전에는 분명히 있었던 것 같은데….
사실 로망이라는 것을 돌아볼 여유는 보통 없지 않아요?
정신없이 살다 보니 까맣게 잊는 것이고요. 그리고 새삼스레 지금처럼 대가족인데
또 로망고양이를 찾아서 입양하기도 쑥스러웠고요.
그러다 내 로망이 무엇인지 기억해 냈어요. 그건 턱시도고양이었어요.

막내라고 불리는 고양이들 숫자만 세도 열은 될 법한 곳이 고
양이신전이다. 항상 입양하면서 '이 아이가 마지막이야'라는 의
지를 담았기 때문이다.

그렇다. 신전지기들은 의지가 박약하다. 아니면 선천적으로 기
억상실증에 걸린 사람들인 것 같다. 매번 묘연을 만나면 굳은 다
짐 따위 잊어버리고 마는 것을 보면 그렇다. 그렇게 실패만 하고
항상 인구문제로 고민해야만 하는 어느 나라의 못난 수상의 심

정으로 살았기에 나의 개인적인 욕심을 부린다는 것은 단 한 번
도 생각할 수 없는 선택지였던 것 같다.

고양이수를 조절하기 위해서 가장 크게 내린 결단 중에 하나가
구조활동 중단이었다. 그리고 티아엘, 마레 시에나, 마누엘을 입
양하였다. 아메리칸 숏헤어가 아내의 로망고양이였기 때문이다.
새해다짐은 삼일이면 잊는다고 그 뒤로도 많은 고양이들이 들어
왔다. 그렇게 왁자지껄하게 살아온 10여 년이 흐르고 나에게 위
기가 찾아왔다.

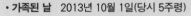

PROFILE 비숍 ♂

- **가족된 날** 2013년 10월 1일(당시 5주령)
- **별명** 비쇼비, 훈묘, 모델묘
- **출신지** 전남 여수
- **사연** 둘째였던 니지와 첫째였던 꼬마를 차례로 떠나 보낸 후 우울증에 빠
졌을 때 아내의 권유로 로망고양이였던 턱시도 고양이를 입양하게 되었다.
- **특징** 겁이 많고 소심해서 청소기를 돌린다던가 손님이 온다던가 하면 빛
의 속도로 사라진다. 놀고는 싶은데 형아들에겐 감히 못 덤비고 꼭
나이 많은 누님들만 쫓아다니며 놀자며 귀찮게 군다. 눈을 가려주
거나 옷 속에 숨겨주면 좋아한다. 버찌형아를 너무나 좋아해서 화
장실까지 쫓아다닌다.

삶 안에는 언제나 죽음이 함께 하는데 당연한 그 사실을 한동안 잊고 살았다. 나의 소중한 둘째 니지 고양이가 니지랜드로 돌아간 것이다. 이후 나는 우울증을 겪게 된다. 제 눈앞에 빤히 돌부리가 있어도 기어이 넘어지는 게 인간이고 다 알면서도 서럽게 우는 게 인간이다. 난 그렇게 우울했다.

힘들어하는 나에게 아내가 하나의 제안을 해왔다.
나의 로망고양이를 하나 입양하는 것은 어떠냐는 것이다.

로망.
내 로망이 무엇인가를 찾아내라는 것은 마치 퇴화에 버린 꼬리뼈를 흔들어 보라는 것처럼 힘들게 느껴졌다. 하지만 로망이라는 단어를 듣는 순간 마음이 설레어 버리는 것을 보면 아직도 내 몸이 늙어가는 속도를 마음이 따라 잡으려면 멀었구나 싶어 살짝 당황스럽기까지 했다.
심봉사가 심청이의 얼굴을 더듬어 상상해 보는 절박함과 암담함으로 내 로망고양이를 떠올려 보았다. 우선 놀란 것은 난 한 번도 로망고양이를 생각해 본 적이 없다는 것이었다.

오직 인연으로만 고양이를 만나온 세월이기에 사실 내가 만나고 싶은 고양이를 생각할 이유도 없었다. 그렇게 생경함을 안고 출발한 여행은 의외로 한 걸음 한 걸음 즐거운 일이었다.

내가 좋아하는 고양이란 어떤 고양이일까라는 질문이 이렇게도 낯선 질문이었는지 몰랐지만 그것을 떠올리는 것은 마치 장난감가게 안을 돌아다니는 꼬마의 넉넉한 기분과 닮았었다. 장난감가게를 한 열 바퀴는 돌고 지쳐버릴 때쯤 내 마음속 꼬마는 하나의 답을 찾아냈다.

그렇게 발견한 내 로망고양이는 블랙 앤 화이트의 말끔한 정장을 차려입은 턱시도다.

내 로망으로의 여행에 있어 아내는 시작이자 끝, 동반자이자 가이드였다. '오늘의 턱시도'라고 하여 입양되기를 희망하는 턱시도들의 사진과 사연을 매일 문자로 전송해 주었던 것이다. 그래서 일을 하다가도 핸드폰이 울리면 나는 언제나 내 로망을 만날 수 있었다. 비록 그 고양이들이 다 나의 고양이는 아니지만 그 순간만큼은 맘껏 백일몽을 꿀 수 있는 특권이 주어졌다.

그렇게 1여 년을 행복한 여행 끝에 내 마음을 사로잡은 단 한 마리의 신사가 나타났으니 그 고양이가 바로 비숍이다. 비숍이는 공교롭게도 내가 태어난 도시에서 살고 있었다. 내 로망을 맞이하러 내가 태어난 도시로 간다… 뭔가 운명적인 것이 느껴질 법하지 않은가? 아무리 둔한 시인이라도 이쯤 되면 운명이라는 단어를 쓸 것만 같다.

느끼지도 못했지만 내 우울은 그렇게 이미 끝이 나 있었다.
로망과 내 가족이 나를 끌어 올려 준 것이다.

비숍이는 그렇게 내 로망의 상징이자 가족과의 결속의 상징이다. 또 신사라고 말하기도 하지만 이름에서처럼 뭔가 조용한 성직자 같기도 하고 좀 더 은밀한 닌자 같은 녀석이기도 하다. 굳이 좋게 표현했지만 사실 그냥 소심하다는 말이다.

이 녀석 성격이 얼마나 소심한지 손님이 오면 나나 아내도 찾질 못하는 어떤 곳으로 바로 은신을 한다. 아마 비숍이만 아는 집안의 4차원 공간이 있는 듯하다.

또 보통의 고양이라면 좋아 어쩔 줄 모르는 레이져포인터라는 장난감이 있다. 그 장난감으로 작은 레이져점을 만들어서 흔들어 주면 아무리 노인 고양이라고 해도 당장에 초등학생들처럼 뛰게 만든다는 장난감이다. 그러나 그 레이져포인터를 비숍이에게 쓰면, 비숍이는 빨간 점을 피해 뒷걸음질 치다 도망가버린다.

한 번은 유튜브에서 어항에 담긴 물고기에게 들킬까 봐 바닥을 기어서 가는 소심고양이를 본 적이 있는데 둘이 친구 삼으라고 소개라도 시켜줘야 할 판이다. 소심함으로 단연 으뜸인 비숍이지만 또 외모로도 고양이신전 으뜸이다.

한때 외모로 최고의 자리에 올랐던 나르호도_{나르샤와 호도를 아울러 말함} 형제도 이제는 비숍이에게 영광스런 자리를 물려주어야 할 때인 듯 싶으니 정이 듬뿍 든 옛 나르호도 팬들의 원성이 자자하다.

다른 고양이들은 예쁜 표정이나 포즈를 포착하느라 고생한다면, 비숍이는 그냥 지나가는 것을 찍기만 해도 가장 예쁜 사진이 나올 정도이니 내가 다 부러울 정도다.

하루만 비숍이처럼 생겼으면 좋겠다는 마음은 좀 과장된 것일까?

이상한 나라의 비쇼비 2016 ⓒ TWEE

뭐 이렇게 호들갑일까 싶으실 것이다. 그러나 누구에게나 로망은 내 키높이 보다는 한참 높은 한 구름쯤 높이에 있는 무언가로 느껴질 것 같다.

나에게 비숍이 아마도 그런 존재인가 보다.

물론 현실은 상당히 다르다. 내가 그렇게 치성을 들여 데려온 비숍이도 고양이신전의 대부분의 고양이가 그렇듯이 내 아내를 훨씬 많이 따른다.

조금 심하게 내가 집에 돌아오면 특유의 소심함으로 잠시 숨었다 한두 시간이 흐른 후에나 모습을 보인다. 그렇다고 실망하거나 섭섭해하지는 않는다. 일단 난 장난감을 손에 넣은 꼬마이고 그 뿌듯함은 사라지는 것이 아니다.

내게 있어 로망은 가족이라는 말과 동의어다. 때문에 로망이란 내가 매일 생활하는 이 곳, 이 사람들, 이 고양이들이라는 것을 깨달았다. 그리고 그것을 알게 해준 것이 내 로망고양이 비숍이다.

다리 세 개지만 괜찮아 · 랑이

아빠, 아빠는 왜 랑이를 이야기할 때 꼭 다리가 세 개라고 이야기해요?
랑이는 노란색이에요. 노란색이라 예뻐요.
우리 집에는 노란색 고양이가 없거든요.
랑이는 장난을 좋아해요. 여기저기 뛰어다녀서 정신이 없어요.
랑이는 버찌 형아를 좋아해요. 랑이는 이렇게 설명하면 돼요.

장애 있는 고양이는 안 된다는 것. 그것은 내가 구조활동을 하면서 항상 아내에게 듣던 주의사항이다.

장애 있는 고양이를 구조하면 입양을 보내지 않고 내가 다 키우려고 할 것이라는 것을 아내는 잘 알고 있었다. 그런데 아내는 평생을 책임진다는 것은 의무감이 아닌 순수하게 자발적인 사랑으로 키워야한다고 생각했다. 그러기에는 자신이 장애고양이를 어떻게 바라보게 될지 확신이 없다고 말해왔었다.

그래서 고양이신전엔 한 마리쯤은 있을 법한 장애고양이가 하나도 없었다.

그러던 어느 날, 아내가 이런 이야기를 했다. 이제 장애고양이를 바라볼 준비가 된 것 같다고. 평상시처럼 인터넷에서 이런저런 고양이들을 보고 있었는데 한쪽 눈이 없는 한 고양이를 보게 되었다고 한다. 그런데 그 고양이 눈을 보면서 너무 아름답다는

PROFILE 랑이 ♂

- **가족된 날** 2015년 8월 28일
- **별명**   왕자님
- **출신지**   부산
- **사연**   생후 3주령에 뒷다리가 괴사된 상태로 쓰레기장에서 발견되어 구조되었는데 두번의 다리 절단 수술 후에도 씩씩한 눈망울을 보고 마음이 끌려 임시보호 맡게 되었다가 세식구 만장일치로 입양하게 되었다.
- **특징**   고양이신전 업둥이 45호. 아빠 손바닥이 젖인 줄 아는지 얼굴을 파묻고 쭙쭙쭙 빠는 버릇이 있다. 어깨에 얹고서 집안 구경 시켜주는 걸 좋아한다. 다리가 세 개이지만 넘치는 에너지로 누구보다도 빠르게 뛰어 다닌다. 랑이는 그저 숨쉬는 것 자체만으로도 대견하기 때문에 우리집에서 유일하게 어떤 일을 해도 어떤 짓을 저질러도 칭찬 받는 고양이이다.

느낌을 받았다고 한다. 그것은 아내에게 충격이었고 신비한 경험이었다.

장애라는 이름에 가려져서 그 고양이의 아름다움을 보지 않고 연민이나, 걱정으로만 바라보았던 지난날과 무언가 달라진 것을 느꼈다고 한다. 그 말을 듣고 난 참 고마웠고 존경스러웠다. 그리고 사랑이 사람을 성장시킨다는 말을 다시금 실감하였다. 내가 깨닫지 못하는 사이에 항상 철부지 소녀로만 느껴졌던 아내는 내 키를 훌쩍 뛰어넘어 자라있었다. 그래서 임시보호가 필요한 장애 고양이가 있는지 알아보라고 말해 두었다. 그런 고양이를 찾는 것은 어려운 일이 아니었다.

도움이 필요한 고양이는 항상 넘쳐났고, 그들에게 임시보호처는 항상 부족하기 마련이다. 몸과 마음에 장애가 있는 고양이라면 더욱 그렇다.

두근거리는 마음으로 인터넷을 검색하던 아내. 그런 아내의 마음을 빼앗은 작고 노란 고양이.

그렇게 만나게 된 인연이 '랑이'다.

2015년 봄, 따스함으로 모든 것이 아름답게 빛나는 시절에 랑이는 차가운 쓰레기더미에서 흙투성이로 발견되었다. 태어난 지 3주 정도 지난 랑이는 뒷발 하나가 으스러져 있었고 그 곁에는 이미 싸늘하게 식어버린 형제가 있었다고 한다. 뒷다리는 살릴 수가 없어 두 번의 수술로 절단했다. 난 이런 이야기를 머릿속에 새기며 부산행 비행기에 몸을 실었다. 이미 고양이를 데리러 차로 몇 시간이나 지방출장(?) 가는 것도 점차로 익숙해지고 있던 터라, 부산에 사는 랑이는 한 번에 비행기로 갈 수 있어서 오히려 편하다는 생각이 들었다.

항상 어색하기 짝이 없는 구조자분과의 인사를 마치고 랑이가 있는 작은 이동장 안을 들여다보았다. 작은 고양이가 신비로운 까만 눈을 들어 나를 바라본다. 두근거리는 마음으로 이동장 안에 손가락을 넣어 커다란 아저씨의 냄새를 맡게 한다. 이때가 가장 떨리는 순간이다. 마치 소개팅에서 꾸벅 첫 인사를 하고 고개를 들어 상대의 눈치를 보며 나에 대한 호감도를 살피는 찰나와 같다.

사람은 그나마 예의라는 놈이 있어 욕을 하지는 않지만, 고양

이는 다르다. 맘에 안 들면 바로 하악질을 날려주기 때문이다. 이 첫 대면이 앞으로의 겨울 고생의 정도를 결정한다.

랑이는 내민 손가락 냄새를 조심조심 두 번 맡더니….

콱! 하고 내 손을 물어버렸다. 하하하.

상황은 물린 상황인데 이게 뭔가, 오히려 긴장감이 눈 녹듯이 녹아버린다. 한 번 물고 나더니 내 손과 장난을 치겠다고 솜방망이로 툭툭 치고, 당겨서 물고를 반복한다. 이런 고양이는 처음이다.

'이 고양이가 정말 쓰레기장에서 구조되어 수술을 두 번이나 한 고양이인가?'

잠시 머리가 멍하다.

랑이가 보여주는 똥꼬발랄함^{아기고양이의 발랄함을 말함}은 뭔가 앞서 말한 비극들이 비현실적으로 느껴지게 만든다. 이런 성격의 랑이니 비행기의 소음 따위는 아무렇지도 않다는 듯 무탈하게 고양이신전에 입성하였다.

고양이신전에 들어온 대부분 아이들이 모두 그러하듯이, 결국 랑이도 아내를 더 따르리라 생각했다. 그러나 처음 이틀 정도 내가 분유를 먹인 탓일까? 아니면 두려운 첫 여행길에 많이 다독여 준 아저씨를 잊지 않는 것일까? 랑이는 유난히 나를 따랐다. 내 손 안에서 어미젖무덤을 찾는 행동을 보였고 젖도 나오지 않는 내 손가락을 쭙쭙 빨아대며 잠을 청했다. 반대로 아내만 보면 흥분하여 물고 싸우는 것이다. 이쯤 되면 모두 내 성격을 알 테니 다음 이야기는 뻔하다.

쉬운 남자인 나는 어느새 자신을 아저씨가 아닌 아빠라고 부르고 있었다.

'랑이야, 아빠한테 오렴'이라고 말하면 내 입 속에서 상쾌함과 뿌듯함이 맴돌았다. 그렇게 랑이는 당연한 듯 고양이신전의 막내가 되었다.

랑이는 신전지기들의 아들인 버찌에게도 특별한 고양이임에 틀림없다. 혹시나 다리가 하나 없는 외모가 버찌에게 충격이 되지 않을까 싶어 미리 다리가 하나 없는 고양이를 데려오겠다고

말해 주었다. 그러자 '아기고양이 우리가 돌봐주는 거야? 우린 착한 사람이야?!'를 연발하는 것이다. 그 뒤로 매일 같이 언제 데려오느냐고 재촉을 한 것은 물론이고 학교친구들에게까지 얘기하고 다닌 모양이다.

아직은 자기도 보살핌을 받고 싶을 나이인데도, 다른 고양이들에게는 약간 폭군처럼 굴 나이인데도 랑이에게만은 친절하려고 노력하는 버찌다. 얼마 전에도 랑이가 놀다가 버찌의 정강이에 기다란 상채기를 만들었는데, 칭얼대기는 하지만 절대 랑이를 탓하지 못하게 하는 착한 아들이다.

어느 날은 버찌가 랑이에 대해서 다른 사람에게 설명하고 있는 것을 듣게 되었다.

"랑이는요, 노란색이에요. 그래서 예뻐요. 우리 집엔 노란색 고양이가 없거든요. 랑이는 못말리는 장난꾸러기예요. 여기저기 뛰어다니길 좋아해요. 아기고양이거든요. 조금 있으면 소년 고양이가 돼요."

짐짓 참을성 있게 기다렸지만 나는 뭔가가 빠진 허전함을 이기지 못하고 참견을 하고야 만다.

"버찌야, 랑이 다리가 세 개라는 것은 이야기했니?"

물론 친절한 버찌는 아빠 이야기를 전하기는 했다. 하지만 내가 말했을 때 순간 버찌의 얼굴에 떠오른 의아한 얼굴은 나에게 커다란 충격을 주었다. 버찌는 랑이의 다리가 세 개라는 것에 전혀 신경을 쓰고 있지 않았다. 아빠는 도대체 그 사실을 왜 굳이 말하는지 모르겠다는 표정이었다. 그러고 보니 랑이의 다리가 세 개라는 것을 신경 쓰고 있는 사람은 고양이신전에서 나 하나였던 듯하다.

랑이는 그 어떤 고양이보다도 신나게 뛰어다니고 형들이건 누나건 가리지 않고 덤비는 것을 보면 자기 다리가 한 6개쯤 된다고 착각할지도 모르는 슈퍼고양이다. 아내는 이미 처음부터 장애가 그 고양이가 가진 아름다움을 가리지 못한다는 생각을 가지고 시작하였다. 랑이가 고양이신전에 들어 온 후에도 그것은 일관되었다.

어느 날 아내가 나에게 와서 웃으며 일화를 이야기했다.

"오늘 거실에서 랑이가 지나가는데 다리를 저는 거예요. 랑이가 어디 다쳤나 하고 깜짝 놀랐지 뭐예요?"

빨리 뛸 때에는 관성의 축복으로 랑이도 다리를 거의 절뚝거리지 않는다. 그리고 랑이는 에너지가 넘치는 녀석이라 걷는 경우가 드물었다.

아내는 우연히 천천히 다리를 절면서 걷는 랑이를 보고서 '쟤가 왜 저러지?'하고 놀라버린 것이다. 아내의 머릿속에는 랑이가 '장애고양이'라는 생각 자체가 없었던 것이다.

랑이에게는 눈에 보이는 다리가 하나 없지만 나는 눈에 보이지 않는 다리가 하나가 없어 절뚝거렸는지도 모른다. 장애를 바라보는 편견이 있고 그것만 신경 쓰다 더 중요한 아름다움을 보지 못했다. 마음속의 장애는 랑이보다 내가 더 큰 셈이다.

이미 굳어버린 머리를 가진 나는 앞으로도 랑이를 소개할 때 '다리가 세 개'인 고양이로 소개할지도 모른다. 그러면 아들인 버찌는 아빠는 또 왜 저러나 하는 의아한 표정을 지을 것이다. 이 모든 것을 바라보는 아내는 미소를 짓고 있을 것 같다. 당사자인 랑이는 그러거나 말거나 또 달리기를 하고, 레슬링을 하고, 내 손을 어미젖처럼 빨 것이다.

다리 세 개지만 괜찮아 2016 ⓒ TWEE

'다리 세 개지만 괜찮아'라는 문구는 편협하기 짝이 없는 내가 지은 문구이다. 그러나 오히려 랑이와 가족들이 내 어깨를 토닥이며 말을 걸어주는 것만 같다.

"아빠, 다리 세 개라고 말해도 괜찮아요. 부족한 아빠라도 괜찮아요. 그렇게 다리가 하나씩 부족한 사람들끼리 가족으로 산다면 그것만으로도 행복해요."

묘연을 통한 인연 I · 얌모

업둥이를 입양 보낼 때에는 소정의 입양비를 '책임비'라는 이름으로 받곤 한다. 무료로 분양을 받아 다시 시장에 되파는 일들은 막아야겠다는 일종의 합의에 의한 것이다. 업둥이들을 새집으로 보내고 책임비 봉투를 들고 돌아오는 그 묘한 마음은 겪어본 사람이라면 모두 동감할 것이다. 그런 날이면 종종 그 돈으로 술을 마시곤 한다.

'고양이 팔아 술값 마련했네'라고 자조적으로 쓴말을 해보기도 하지만, 왠지 그 돈은 처음부터 받지 말았어야 할, 빨리 없어져 버려야만 하는 돈이라는 마음 반, 술이라도 한 잔 하지 않으면 성숭생숭한 마음을 진정시킬 수 없을 것 같은 마음 반으로 밤을 지새우곤 한다.

업둥이를 보낸다는 것은 그렇게 매번 자식을 시집, 장가보내는 마음과도 같다고 생각한다. 그러나 그러한 불안감은 또 다시 깊은 인연으로 나에게 되돌아오곤 했다. 고양이신전이라는 블로그를 통하여 수많은 사람들과 인연을 맺어 왔다. 그 중에서 각별한 인연들은 신전에서 업둥이들을 입양해 간 고마운 분들이다. 그 분들과 모두 연락을 하며 지내는 것을 내심 바라기는 하지만 서로서로 바쁜 사정 속에 그것은 불가능하다는 것쯤은 자신이 가장 잘 알고 있다. 그런 어려움 속에서도 끈끈한 인연이 지속되고 있는 또 다른 행복한 고양이신전들을 마지막으로 소개하고자 한다.

그 첫 번째가 고양이 얌모다. 어른들은 '제 복은 스스로 만든다'라고 이야기한다. 얌모군은 신전이 만난 고양이 중에서 가장 이 말에 어울리는 고양이다.

얌모군을 만난 것은 구조활동을 할 당시 자주 가던 동물병원에
서였다. 그 병원은 항상 포획 고양이, 개들로 북적였다. 그 중 아
기고양이들만을 모아 한 케이지에 두었는데, 모두 한무더기로 잠
이 든 아가들을 보면 그렇게도 마음이 아플 수가 없었다. 마음 같
아서는 모두 업어다가 입양을 보내고 싶지만 당시의 나에게 그
럴 능력이 없음은 자신이 가장 잘 알았다. '쩝'하고 입안에 도는
쓴내를 감추고, 입양을 잘 갈 수 있는 아이들로 하나, 둘 쯤 골라
서 데려오곤 했다.

그날도 그렇게 대중적인(?) 두 녀석을 조용히 골라내었는데,
그 때 한 노란고양이가 잠든 동료들 사이로 고개를 번쩍 들면서
삐약거리기 시작했다. 생면부지인 녀석은 마치 헤어진 어미를
다시 만난 듯이 끝까지 나에게 눈을 맞추었다. 보고나자 어미라
고 확신을 한 듯이 케이지를 기어 올라가면서까지 울어대고 있
었다. 그 모습을 보고 내 마음 속에서는 어떤 감동과 희망이 동
시에 솟아올랐다.

'그래, 저런 녀석이라면 제 엄마쯤은 스스로 찾을 수 있을 것
이다'라는 믿음으로 예정에도 없던 그 녀석까지 신전으로 들어

왔고, '쁜이'라는 이름(예쁜이에서 따 왔다. 3초 걸렸다)을 얻게 되었다.

내가 믿어 의심치 않는 나의 이성은 항상 나를 배신한다. 쁜이의 얼굴을 보면서 나는 호불호가 갈리는 얼굴이라고 생각했다. (아마도 양모어머니가 이 말을 듣는다면 버럭 화를 낼 것이다) 살짝 억울하고 몰린 눈매를 보자면 고양이에게 한없이 약한 나는 귀엽다고 생각했지만 세상 사람들은 어떻게 생각할까 하는 것이 항상 걱정이었다.

게다가 예상대로 쁜이는 애교 많고 활발하고 건강한 아이였다. 이게 무엇인 문제냐고? 실상을 알고보면 이건 정말 큰 문제다. 일단 아기고양이의 발랄함은 많은 사람들이 바라는 것이지만, 또 많은 사람들이 두 손 두 발 다 들고 포기하게끔 할 정도로 격렬한 것이기도 하다. 의외로 많은 사람들이 아기고양이가 너무 발랄하다는 이유로 파양을 한다.

육아나 육묘나 처음 겪는 사람들에겐 원초적인 생명이 가지는 에너지란 태양처럼 뜨겁기 마련이다. 쁜이의 발랄함은 아마도 고양이신전 전체 역사에서도 손에 꼽을 정도였으니 걱정이 될

만도 하다.

두 번째 문제는 나의 개인적인 문제다. 애교 많은 쁜이에게 그만 애정이 커져버렸고 입양을 잘 보내야한다는 무거운 의무감이 어깨를 지그시 누르고 있는 느낌까지 들었다. 이렇게 되면 아무리 좋은 엄마나 아빠를 만나게 되어도 마음속 불안감이 남는 것은 사람이라면 당연한 일이라고 변명을 해 보고 싶다.

이렇게 어려운 과정 속에서도 쁜이는 처음 바람처럼 제 엄마를 찾아내었다. 쁜이는 '얌모'라는 귀여운 이름을 얻게 된 거이다. 엄마네 집에 얌모를 데려다 주고 나서, 내 마음 속에는 여전히 알 수 없는 불안감이 남아 있었다.

당시 나는 얌모의 입양이 그때까지의 입양기록 중에서 완벽한 입양의 예라고는 생각하지 않았다(아마도 얌모어머니가 이 말을 듣는 다면 나를 잡으러 올 것이다). 정성스런 입양신청서에서 받은 감성적 믿음은 있었지만, 젊고 꿈 많은 얌모어머니의 모습은 불안정하다고 나는 판단했다.

아마도 그것은 나의 알량한 이성 때문일 텐데 귀찮은 그 녀석

이 꺼림칙하다고 자꾸 말을 걸었기 때문이다. 입양을 보낼 때 결혼이나, 군입대, 유학 등 인생의 전환점이 많은 20대 초반 분들에게는 잘 보내지 않으려는 당시의 풍조가 있었다. 나는 이러한 풍조를 이성적 판단이라고 섣불리 믿었고, 내 꺼림칙함이 당연한 것인양 생각했다.

그 후 입양을 간 얌모에 대한 미련, 불안감 따위는 흉터처럼 무뎌질 만큼 시간이 흘렀다. 그러던 중 우연히 얌모어머니와 연락이 닿게 되어 블로그를 방문하게 되었는데 그곳에는 이제는 이미 늙수그레하게 변한 고양이가 있었고, 아기가 있었다. 여느 집과 마찬가지로 아기는 고양이에게 호기심 어린 장난을 걸고 있었고, 고양이는 너무 귀찮지만 내가 참는다는 표정으로 그 장난을 받아주고 있었다.

난 그렇게 얌모를 다시 만났다. 나의 어리석음이 증명되는 순간이었다. 민망함에 몸이 근질거리는 느낌도 있었다. 하지만 내 인생에 있어 무언가 틀려서 행복했던 손에 꼽히는 경험이었고 깨달음의 시간이기도 했다.

얌모는 사람을 변화시키는 고양이었다.

최근에 들은 소식에 의하면 얌모는 집안에서 얌모의 외할아버지, 외할머니의 사랑을 가장 많이 받는다고 한다(외할머니는 내 멋대로 만들어낸 표현이다. 얌모어머니의 어머니라는 표현이 어색해서). 아마도 얌모가 가장 사랑하고 사랑받는 가족이 외할머니, 할아버지이고 다음이 아기가 아닐까 예상해 본다.

고양이들은 그렇게도 가정을 하나로 묶어주는 신비한 힘이 있기 때문이다. 꼬마가 고양이를 싫어하던 우리 누나를 변화시켰듯이 얌모도 가정에서 큰 변화를 만들어 낸 것은 아닌지 조심스럽게 추측해 본다.

물론 식구들 중에서 가장 덜 사랑받는다고 서운해 하시는 얌모어머니께는 동병상련의 입장으로 심심한 위로를 건네야 하겠지만 말이다.

얌모는 이미 얌모어머니만의 자식이 아닌 전체 가족의 일원이 되어 있는지도 모른다. '엄마가 좋아, 아빠가 좋아'라는

질문에서 내 전적은 백전백패이다. 그러나 그저 사랑하는 자식이 있어 패배감보다 훨씬 큰 행복한 마음을 얌모어머니도 아마 느끼고 계시지 않을까? 고양이는 사람을 변화시킨다. 사람의 사랑은 고양이를 변화시킨다. 그렇게 사랑은 가족을 만들고 변화시킨다.

묘연을 통한 인연 II · 달보드레

2011년 인천의 한 재개발지역. 한 때는 사람들로 북적였던 상점 골목도, 어린아이들이 뛰어 놀던 골목도 이제는 텅 비어 있다. 걷고 있자면 '철거'라고 쓰여진 붉은 글씨들이 을씨년스럽다. 가끔 주변 청소년들이 모험을, 혹은 일탈을 즐기러 들어올 뿐 사람의 흔적조차 찾을 수 없는 곳이다. 이곳도 한 때는 사람들로 북적였다는 것은 이제는 남겨진 수 백여 마리의 고양이들만이 증명한다. 사람들과 함께 공존하던 고양이들. 사람은 떠났어도 고양이는 남았다.

그러나 반대로 철거구역은 고양이들의 천국이기도 했다. 깨진 유리와 빨간페인트가 보여주는 살풍경과는 다르게 건물 삼층까지 덩굴에 덮혀 있어 정글의 숲을 연상시켰다. 거기에다 담장이며 거리를 거니는 고양이들의 우아한 모습은 정글북의 한 장면을 보는 듯 했다. 정글북이라면 역시 모글리가 있어야 하지 않겠는가? 소설에서처럼 소년의 모습은 아니지만 인천 재개발정글에도 모글리는 있었다.

사람들이 넘치던 시절, 고양이들은 사람들이 남긴 음식을 나누어 먹고 살았을 것이다. 수많은 캣맘, 캣대디들은 고양이들에게 사료를 챙겨주었을 수도 있다. 그렇게 직접적이던 간접적이던 수 만 명의 사람들이 고양이들의 삶을 뒷받침했을 것이다. 수 만 명의 빈자리를 이제는 단 한 사람의 모글리가 대신하고 있었다. 모글리가 정글의 영웅임은 틀림없으나 그 고단함은 또 얼마나 클까? 힘들 것이라는 것은 쉽게 짐작이 되면서도 얼마나 힘들지는 도저히 상상조차 할 수 없었다. 그러나 정작 모글리는 대수롭지 않은 일상이라는 듯이 묵묵히 사료와 물을 나르고 있었다. 차 트렁크에는 사료포대를 가득 실은 채, 소독차가 골목골목을 뒤지고 다니듯 익

숙하게 고양이들이 모이는 곳을 찾아 사료를 나눠주셨다.

모글리와 여행을 떠난 나의 질문은 끝이 없었다. 철거구역의 고양이들의 삶은 어떠할까? 그들은 어떻게 먹이를 조달하면서 사는 것일까? 의문은 끝도 없이 솟아났고 모글리는 친절하게 하나하나 설명해 주었다. 그곳의 삶을 담담히 이야기 하던 모글리는 문득 슬픈 표정을 지어 보였다.

"지금은 비록 어떻게 유지가 되지만, 곧 이곳을 모두 허물어요. 그러면 고양이들은 어떻게 될지…."

아마도 요령 있고 몸이 날쌘 젊은 고양이들이라면 건설기계의 마수를 피해 삶의 터전을 옮길 수도 있을 것이다. 물론 그 중 일부는 왕복 8차선쯤 되는 도로를 건너다 해를 당하는 것을 감수한다면 말이다. 그러나 막 새끼를 낳은 어미들이나 또 새끼들은 아마도 철거의 순간이 생의 마지막 순간이 될 것임을 모글리도 나도 알고 있었다.

모글리와 나는 그 뒤로 나름대로의 최선을 다했다. 라디오와

지역 방송을 섭외·출연하여 재개발지역에 남겨진 동물들에 대해 이야기를 하였다. 아마 인간의 욕망이 가장 첨예하게 부딪히는 재개발지역에서 동물들의 삶과 죽음을 이야기 한 것은 모글리가 처음이 아닐까 생각한다. 그렇게 사람들에게 지금까진 언급된 적이 없는 메시지를 전하기 위해서 노력했다. 그리고 작지만 상징적인 의미를 위해서라도 재개발지역 고양이들에게 새로운 집을 찾아주기로 했다.

그런 인연으로 정글에서 나고 자라 문명의 세계로 입양을 간 늑대소녀가 달보드레다.

문명과는 담을 쌓고 살아 온 늑대소녀이니 혹시 문명의 세계에 와서도 밤에 하늘을 보며 울부짖는다던지, 사냥을 해서 먹잇감을 구하는 것은 아닐까 걱정도 했었다. 그러나 달래는 처음부터 집에서 태어난 귀한 고양이었다는 듯이 난로 앞에서 온기를 느끼며 졸기도 하고, 새로 생긴 자신만의 집과 정원에서 널브러져 늦잠을 자기도 했다. 물론 엄마에게 최고의 애교와 애정을 보인 것은 두말할 나위도 없다.

그렇게 달레_{달보드레의 줄인 애칭}는 누군가의 금지옥엽이 되었다. 처음부터 고생따위는 모르는 아이였던 것처럼 귀하디 귀하게 자라고 있다. 자칫 조금만 인연이 달랐어도 달레는 아마도 철거된 건물과 같은 운명을 걸었을지도 모른다. 아주 작은 사람의 관심과 노력이 수많은 고양이들에게 열 번째 목숨을 준다.

그런 의미에서 달레를 사랑으로 품어준 달레엄마에게 다시 한 번 고마움을 느낀다.

아스팔트 위에 핀 꽃

고양이는 세상의 모든 것이 인간을 섬겨야 한다는
정설을 깨트리러 세상에 왔다.

- 폴 그레이 -

한국에서 반려동물과 살아가기

아스팔트 위에 핀 꽃.

내가 생각하는 도시 고양이의 이미지다.

이제는 풀 한 포기 잉태하지 않는 회색빛 도시 속에서, 밟혀도 찢겨도 여전히 그네들 본연의 모습을 잃지 않는 꽃처럼 붉고 정열적인 고양이들의 삶을 대변한다. 고양이들은 비록 사람과 동거한다 해도 그들의 야성을 완전히 포기하지는 않는다.

따뜻한 집 안에서 태어났다 하더라도 그들은 물건을 굴리고 우다다 폭풍질주를 하고, 자신의 냄새를 여기저기에 묻히며 타고난 사냥꾼의 기질을 이어나가려 한다.

오늘도 하루를 마치고 귀가하는 당신을 향해 고양이는 낯선 눈길을 보낸다. 우리는 고양이의 눈동자에서 일렁이는 열대 정글을 발견한다. 새초롬하게 호기심 어린 눈빛을 던지는 고양이들은 저마다 우아한 빛을 내며 그 누구도 사랑하지 않을 수 없는 모습을 선사한다.

하지만 한국에서 반려동물과 함께 살아간다는 것, 특히 그것이 고양이일 경우에는 수많은 오해와 곡해 속에서 살아야만 한다는 것을 의미한다. 불비한 제도와 사람들의 곱지 않은 시선 속에서 고양이와 살기란 그리 만만한 일은 아니어서, 가뜩이나 힘든 낯선 이방인과의 동거가 더더욱 고난의 길로 이어지기 일쑤다.

고양이에 대한 온갖 흉흉한 소문들은 역사 속에서 뿌리 깊게 박힌 하나의 관습으로 느껴지기도 한다. 고양이는 중세 유럽에서 마녀들의 시종, 주인의 암살자, 방탕한 여성, 불행의 전조로 그려진다. 이것은 고양이들이 가지는 습성이 미지의 그것이라는 점에 대한 반발심으로 인한 것이다.

반면 고양이들이 가지는 야행성, 야생성, 다산성 등의 특징은 수많은 예술가들에게 영감의 원천이 되기도 하고, 이집트의 경우는 다산의 여신으로 그려지기도 한다. 호기심 많고 천진난만한 아이에게는 둘도 없는 친구가 되기도 한다. 미지의 세상을 두려워하지 않고 미지를 적으로 간주하지 않는 사람들에게 고양이는 언제나처럼 좋은 친구이자 조언자요, 조력자였다는 반증이기도 하다.

우리가 살고 있는 도시는 회색으로 가득 차 있다. 그 아득한 사각의 구조물 속에서 생명을 상상한다는 것은 불가능한 일처럼 보이기도 한다. 그러한 도시의 밤거리에 오늘도 여지없이 삶의 터전을 꾸려나가는 고양이들이 보인다.

오늘 가로등 불빛 아래서 휙 하고 지나가는 불길한 그림자를 당신은 따뜻한 눈으로 바라보고 있는가 아니면 그 오랜 관습처럼 모르는 것에 대한 적대감을 품고 있는가? 혹시라도 고양이를 따뜻한 시선으로 보고 있다면, 이렇게 말하고 싶다.

'생명을 사랑할 줄 아는 당신이야말로 아스팔트 위에 핀 뜨겁고 붉은 꽃이라고.'

고양이에게 이름을 되찾아주다

2000년대 초반 때 일이다. 당시 인터넷을 중심으로 고양이를 사랑하는 사람들의 모임이 생기기 시작했다. 덩달아 고양이용품 쇼핑몰들도 등장했다. 이전에도 고양이를 좋아하는 사람들은 있었지만 인터넷을 통해 서로 소통하고 교류하면서 고양이전용 용품을 구매하는 등의 움직임이 처음으로 생겨난 것이다.

나는 편의상 이런 특징을 가진 세대를 이전 세대와 분리해 '애묘 1세대'라고 부른다. 고양이에 관한 모임들은 하나같이 강력한

결속력을 보였는데, 그 이유는 하나였다. 고양이를 키운다는 건 주변사람들로부터 눈총을 받는 일이었기 때문이다. 도시에 사는 고양이들에게 밥을 주는 것은 혐오스러운 행위였고 고양이를 키운다고 애써 커밍아웃을 선언하면 처음 접하는 반응이 '도대체 왜?'였으니 말이다.

아무도 알아주지 않는 고양이의 매력을 서로 웃고 울며 나눌 수 있는 인터넷 커뮤니티는 애묘인에게 하나의 탈출구였다. 그런 인터넷 커뮤니티에서 시작된 하나의 캠페인과 같은 것이 바로 고양이에 대한 용어정립이었다. 얘기인즉슨 도둑고양이가 아닌 '길고양이'로 바꿔 부르자는 거였다.

'도대체 길에서 사는 고양이들이 무엇을 훔쳤단 말인가? 훔친 것이 있다면 그것은 우리의 마음이다?!'라고 강변하기 시작하면서 생겨난 자연스런 흐름이었다. 나아가 토종고양이에 대한 위상을 높이려 새로운 이름이 등장하니 이것이 '코숏Korean Short Hair의 줄임말'이다. 이는 아메리칸 숏헤어라는 정식 종의 이름을 차용해 코리안 숏헤어라고 붙인 것이다.

이러한 억지춘향식 차용은 지금까지도 사소한 혼선을 빚어내고 있다. 그것은 아직도 코리안 숏헤어라는 정식 종이 있다고 착각하는 사람들도 있고, 반대로 아메리칸 숏헤어라는 종은 미국에 가면 길에서 흔히 만나는 미국 토종고양이라고 생각하는 사람들도 생긴 것이다.

이 같은 작은 해프닝들에도 불구하고 당시 애묘 1세대들의 절절한 마음은 참으로 공감 가는 부분이 많다. 자신이 사랑하는 대상에 대하여 적극적으로 드러내려 하고, 나아가 그 대상이 겪는 아픔을 함께 하고 개선하고자 하는 작은 노력들이 그것이다.

십 수 년이 지난 지금 길에서 혹은 팬시가게에서 고양이가 그려진 수많은 잡화나 악세사리들을 발견할 때가 있다. 그럴때면 예전 기억이 떠올라 자연스레 미소가 살며시 지어지기도 한다. '짧은 기간이지만 참 많이 변했구나'하는 안도의 마음이 들지만 한편에서는 조금은 긴 호흡으로 우리 고양이들을 다시 한 번 돌아보고 생각하게 하는 하나의 숙제 같은 느낌도 든다.

이제는 길냥이길고양이라는 용어가 비교적 대중적인 단어가 되었다. 고양이를 예쁜 동물로 생각하는 경향도 많아졌다. 그러나 그러한 대중화 속에서 조금은 위화감이 느껴지는 것도 사실이다. 애묘 1세대는 혐오의 대상인 고양이를 미워하지 않도록 노력해 왔다. 그 노력이 결실을 맺은 이제는 한 걸음 나아가 '올바로 사랑하는 법'을 정립하는 것에 힘을 써야 한다. 아이를 낳아 부모가 되면 내 아이뿐 아니라 다른 모든 아이들이 예뻐 보인다고 한다. 진정한 사랑을 하게 되면 차별심이 없어진다고 믿는다.

오늘도 스스로에게 묻는다. 길냥이라고 부르면서 우리는 내 고양이와 길에서 사는 고양이들을 차별하고 있지는 않은지, 또 우리는 고양이뿐 아니라 사람에 있어서도 자신과 타인을 차별해 생각하고 있지는 않은지. 이제는 도둑고양이도, 길고양이도 아닌 그저 고양이를 사랑해야 할 때다.

고양이들을 고양이로서, 있는 그대로 받아들이고 사랑해야 할 시기다.

썰매 견은 있어도 썰매 묘는 없다

강화도로 귀촌 후 얼마 지나지 않았을 때다. 우리 부부는 따스한 봄을 기다리는 마음으로 겨울의 끄트머리를 보내고 있었다. 일상은 더할 나위 없이 평화롭고 조용했다.

당시 나는 이런저런 강연활동을 시작하면서 서울과 강화도를 쉴 없이 오갔지만 활기가 넘쳤다. 주위의 우려와는 달리 아내와 아들 버찌 그리고 고양이신전의 고양이들 모두가 그런대로 섬 생활에 익숙해져갔다.

강화도라는 섬에서 '고양이신전'이라는 집을 짓고, 그 안에서 각자 스스로의 인생설계도를 그려나갔다. 인생이든 묘생이든 간에 그런 과정들이야말로 생명이 있는 존재에게 가장 값진 순간일 것이다. 고양이든 인간이든 간에 가장 중요한 건 자신의 인생이므로.

그러던 어느 날이었다. 견공 한 마리가 고양이신전에 들어오게 되면서 우리의 일상에 또 한 번의 변화가 시작됐다. 바로 '곤시베리아 허스키'이 그 출발점이 된 녀석이다. 훗날 곤은 고양이신전 최대 거묘(巨猫)였던 꼬마군보다 세네 배가 넘는 큰 몸집을 자랑하게 되었지만 당시만 해도 그저 소심한 강아지에 불과했다. 우리 부부는 2월의 추운 날씨를 걱정하여, 한동안 곤을 실내사육하기로 결정했다. 그렇게 고양이정글에 느닷없이 강아지 한 마리가 던져진 것이다.

곤이의 등장으로 고양이신전은 발칵 뒤집어졌다. 물론 강아지와 고양이는 펜스를 통하여 서로 분리하였지만, 고양이신전은 그야말로 개판 혹은 고양이판을 방불케 했다.

기존 집주인들과 그들을 무시하고 제집 마냥 고래고래 소리를 질러대는 철부지 세입자간의 모습은 가관이었다. 다행히 핏줄은 달라도 형제가 되려는 모양인지 이 견공 녀석은 고양이신전에 면면히 흐르는 광기(狂氣)를 제대로 물려받은 것이다.

제 혈기와 열기를 이기지 못하고 헉헉대며 힘들어하는 모습을 보고 밖에 묶어두니 영하를 오락가락하는 날씨에서도 편안하게 잠이 들어 버렸다(나중에 풍월로 들은 사실이지만 시베리안 허스키는 영하 10도 정도에서 가장 활발히 논다고 한다. 그러니 20도가 넘는 실내온도는 더웠을 만도 하다).

이쯤에서 고백하건대, 사실 고양이신전에 견공 손님이 찾아온 것은 이번이 두 번째다.

2005년경의 일이다. 고양이신전에 엄마고양이 시나와 그 아기고양이들 그리고 시나에게서 젖동냥을 하던 강아지들이 업둥이로 들어왔다. 당시 만삭인 상태로 포획된 시나가 동물병원으로 보내졌고 그곳에서 홀로 다섯 마리의 아기고양이들을 낳았다.

우연히도 그 즈음에 어미를 잃고 눈도 채 뜨지 못한 네 마리의

강아지들이 포획되어 시나와 같은 동물병원으로 들어오게 되었
는데 마침 젖이 돌던 시나가 돌연 이 강아지들의 젖어미가 된 것
이다. 고양이 다섯에 강아지 넷에게까지 젖을 먹이기엔 어미 시
나에게도 무리였고, 치열한 어미젖 경쟁이 가속화되면서 뒤쳐진
고양이들이 다 죽게 생긴 거였다. 위 사연을 듣자마자 서둘러서
싹 다 업어다 고양이신전으로 데려왔다.

시나는 아기고양이 양육에 전념케 하고, 사람들은 나, 여자친구 강
아지 인공수유와 보육을 맡았다. 고양이들과의 생활에 익숙해지

다 보니 우리 고양이들도 그다지 조용하지 않다고 생각하던 시절이었으나, 강아지에게 젖을 먹이며… 그 아귀지옥을 방불케 하는 삑삑거림의 향연 속에서 우리 고양이들은 정말(!) 조용한 것이라는 걸 새삼스레 느꼈다. 또 불현듯 '아, 난 이제 개는 못 키우겠구나…'라는 생각이 들었다.

그 후 약 6년이 흘렀을 때, 이번에는 업둥이가 아닌 가족으로서 견공 곤을 맞이하게 된 것이다. 정확히 말해서 견공 '곤'이의 동생 '죠'와 '아루'까지 총 3마리의 견공 가족이 생겼다.

당시만 해도 '개와 고양이는 사이가 좋지않아 함께 키울 수 없다'라는 선입견이 있던 나는 잔뜩 긴장하고 있었다. 그도 그럴 것이 난 어려서는 할머니 무릎을 두고 싸우는 개와 고양이 이야기를 들으며 자라왔다.

오래 전부터 '개를 좋아하세요? 고양이를 좋아하세요?'와 같은 질문만 받고 살다 보니, 은연중 개와 고양이를 비교하는 마음이 생겼었나보다. 돌이켜 보면 나는 처음에는 개를 좋아했다. 아니 당연히 개를 좋아했다.

굳이 그 원인을 찾아보면 '개는 영원한 인간의 친구'라는 메시지를 담은 각종 TV드라마와 영화를 보면서 자라왔기 때문일 것이다. 이처럼 다른 사람의 생각을 비판 없이 쭉쭉 빨아들이는 평범한 사람이다 보니 고양이에 대한 대중적 혐오도 일종의 습관처럼 받아들였음은 부끄럽지만 사실이다.

연애시절 아내가 〈톰과 제리〉를 보면 항상 제리가 얄미웠다는 말에 '저 사람 정말 특이하구나!'라고 생각하는 편협하다 못해 무척이나 재미없고 재미없는 남자였으니까….

그러나 시간이 지나면서 의외로 개와 고양이의 동거도 잘 맞았다. 오히려 하루하루가 새롭고 즐거웠다. 그 모습을 지켜보는 시간 내내 고양이와 견공과의 유대가 깊어짐을 느꼈기에, 그저 고맙기만 한 나날인 셈이다. 많은 세월이 흘러서 현재 강화도에서 고양이신전 지킴이로 살아가고 있는 지금에서야 난 확신한다. 과거에 했던 그런 걱정은 기우에 불과했다고.

물론 고양이와 개는 상당히 다른 동물이다. 외형은 물론이거니와 습성이나 행태는 전혀 반대인 경우가 많아 대조의 대상으로는 적격이다.

고양이에 관한 명언 중 제프 발데즈가 한 말은 다음과 같다. "고양이는 개보다 똑똑하다. 8마리의 고양이에게 썰매를 끌라고 하면 거절할 것이다."

이 말을 듣자마자 현재 애묘인의 한 사람으로서 '옳거니!'하는 소리가 절로 나왔다. 그러나 실상 고양이를 사랑하든 개를 사랑하든 인간을 사랑하든 간에 그 사랑이라는 본질에는 변함이 없다. 다만 사람의 일반적인 속성이라는 것이 시시비비(是是非非)를 가르거나 편 가르기를 좋아하고 또 그런 시선으로 바라보는 것이 습관이 되다보니, 내가 당장 사랑하고 함께 하는 것 이외의 것에는 나도 모르게 편견이 생기더란 말이다.

그렇게 10년이 흐른 지금, 조금은 더 편견없는 사람이 되지 않았나 생각한다.

그래도 다시 한 번 제프 발데즈의 말에 동감할 수밖에 없다. 나에게 편견없는 시선의 중요성을 가르쳐 준 것이 고양이들이기 때문이다.

애완동물과 반려동물, 그 미세한 차이

고양이를 키우는 건 새로운 경험이다. 여느 동물에 비하여 강한 야생성은 혐오의 이유이자 고양이만의 매력이라는 두 가지 측면으로 다가온다. 지금에서 고백하건대 처음 함께 한 동물이 고양이라서 참 다행이다. 다른 동물과 인연이 닿았다면 평생 몰랐을 새로운 사실들을 고양이는 나에게 알려주었다.

사람들이 처음 애완동물을 들일 때에 이유는 보통 단순하다. 십중팔구 '예뻐서'다. 어떤 모습이 맘에 들었던 간에 보통 자신을 매료시키는 데에는 시각적 이유가 대부분일 것이다. 고양이는 그런 면에서도 충분히 매력적이다. 오동통한 발, 웃는 듯한 입술라인, 날카롭지만 때로는 한없이 청순한 눈망울 등 그야말로 매력덩어리다. 그런 매력에 이끌려 일단 고양이를 입양하고 나면 그때부터 조금은 색다른 경험을 하게 된다. 그야말로 왕왕 천국과 지옥을 오가는 느낌이 든다. 사소한 일에 행복해하고 사소한 일에 속상해진다.

사람을 당황케 하는 일들은 보통 아기고양이들이 이빨이 나면서부터 시작된다. 이빨이 근질근질하여 무엇이든지 물려고 하는 이 시기에는 쓰다듬으려는 사람의 손이나 걸어가는 발 등이 주요 타깃이 된다. 아주 작은 아가일 때는 인상을 팍 쓰면서 잘근잘근 씹는 이 모습이 귀엽기도 하지만 만약 우리 첫째 고양이, 꼬마처럼 8kg의 거묘(巨猫)가 물어댈 때에는 사실 어느 정도 공포를 느끼기도 한다.

또 아이들이 커감에 따라 자신의 영역표시 본능이 깨어나면 벽지나 가구를 긁어대는 일들이 심심찮게 발생한다. 중성화 이전의 왕자님들이라면 오줌 스프레이의 공포도 시작된다. 그 외에도 상황에 따라 형제간 지극히 사이가 나쁜 아이들은 언제나 집에서 유혈사태를 벌이는데, 그것을 중재해야만 하는(혼을 내든 어르든 간에) 사람의 입장은 난처하기 짝이 없다.

이런 경우 보통 '훈육'이라는 것을 시작한다. 훈육은 사람과 함께 살아가기 위해 해도 되는 선과 행해서는 안 되는 선을 긋는 것이라고 이야기한다. 그러나 이것은 조금만 다르게 보면 참 불공평한 정의다. 이 정의에는 사람이 주가 되고 고양이들은 부가 될 수밖에 없다. 사람의 기준에 맞추어 살기를 고양이들에게 강요한

다는 느낌을 지울 수가 없다. 이런 점에서 사랑에 대한 거창한 정의보다 내 가슴에 더 와닿는 말이 있다. 이것은 프랑스 소설가 생텍쥐페리의 〈어린왕자〉에서 말하는 사랑의 정의로 '사랑은 서로에게 길들여지는 것이다'라는 말이다.

우린 우리들의 고양이들을 사랑한다고 말하지만 무작정 우리에게만 맞추어 길들이려고 하지는 않았을까? 우리가 그들의 모습을 있는 그대로 받아들일 준비는 되어 있었던 것일까? 애완동물과 반려동물의 차이는 이러한 관점에서 시작한다.

애완동물은 내가 나의 의지를 가지고 좌지우지할 수 있는 일종의 소유물이다. 비록 말속에는 사랑한다는 의미가 들어있지만 그것은 지극히 이기적인 사랑이 될 수밖에 없다. 자신의 이해관계가 다하였을 때 언제든지 등을 돌릴 수 있는 이기적인 사랑이 내포되어 있다. 동물들에 대한 학대, 유기, 방기 등을 저지르는 사람들이 그들의 동물을 애완동물로 생각하지 않아서 그런 일을 했을까? 그들의 기준에선 그러한 행동이 용인될 수 있었던 것이다.

반면 반려동물은 서로가 길들여져야만 이루어질 수 있는 관계이다. 그들의 특성에 더더욱 주의를 기울이고 그들의 특성이 심각히 침해받지 않는 한도 내에서 인간과의 조정을 통하여 조화로운 삶을 꾀하려는 사람들만이 사용할 수 있는 단어는 아닐까? 비록 말속에 직접적인 사랑이라는 말이 들어있지는 않지만 함께 평생을 걸어갈 수 있는 길동무처럼 서로 의지하고 믿음을 쌓아 가는 관계라는 또 다른 사랑의 이름이 담겨 있다.

서로에게 의지하려면 그 첫 단추는 서로의 모습을 강요하는 것이 아닐 것이다. 바로 인정하는 것에서 시작해야 할 것이다. 우리는 우리 스스로를 '아빠', '엄마'라고 칭하고 산다. 올바른 부모의 모습은 비록 자신의 아이라도 아이의 참모습을 이해하고 또 일깨워주며 그들이 행복하게 살 수 있도록 노력을 하는 것이다. 우리는 사랑을 오해하는 경우가 많다. 자녀들이 원하지 않는 삶이라도 우리가 좋다고 판단한다면 그 삶을 강요해도 좋다고 생각한다. 그리고 그것을 사랑이라고 생각한다. 사랑에 자격시험이 있다면 아마도 우리는 많이 탈락할 것이다. 만약 당신의 자녀가 고양이라면 당신의 그러한 시도에 단박에 '싫어'라고 말할 것이다.

세상 모두가 부모가 될 수는 있다. 하지만 부모의 자격을 갖춘 부모는 상대적으로 적다는 건 나만의 생각일까?

그 거부할 수 없는 야생성으로 부족한 나에게 이러한 생각을 하게끔 도와준 우리 고양이들이 더욱 예쁘게 보이는 밤이다.

고양이들 Les chats

　　- 샤를 보들레르 Charles Baudelaire

열렬한 애인들도 근엄한 학자들도

중년이 되면 다 한결같이 사랑한다

집안의 자랑거리, 강하고 다정한 고양이들을

자신들처럼 추위 타며 움직이기 싫어하는 그들을

학문과 즐거움의 벗인 그들은 어둠의 침묵과 공포를 탐구하니

에레보스라면 그들을 상여말로 삼았겠지

그들이 자존심을 굽혀 섬길 수만 있다면

생각에 잠길 때의 그 의젓한 자세는

흡사 깊은 고독 속에 누운 거대한 스핑크스를 닮아

끝도 없는 꿈 속에 잠들어 있는 듯 그 푸짐한 허리는 마법의 불꽃들로 가득 차고

고운 모래알과 같은 금 조각들이 그들의 신비한 눈동자에 어렴풋이 별을 뿌린다

가족이 되기까지의 어려움

어느 동물보호단체들의 선전문구다.

'Always Adopt, Never Buy! -사지 마세요, 입양 하세요!'

이것을 처음 접한 것은 외국의 한 보호단체가 내건 유튜브 동영상이었다. 비록 섬뜩한 경고에 가까운 협박성(?) 동영상이었으나, 그 속내를 이해할 수는 있었다.

난 다행히도 길거리 픽업(?)이라는 방법으로 첫째 '꼬마'를 맞이하게 되었고 이전에는 길고양이 돌보기를 통하여 고양이에 대한 애정을 조금씩 키워왔으니 어찌 보면 복 받은 케이스였다.

상대적으로 고양이에 대한 관심이 높아진 요즘 처음 고양이를 접해 보려고 하는 사람들의 입장에서 생각한다면 '구매'가 가장 손쉬운 방법일 것이다. 아니 사실 그 방법 이외에 다른 방법을 알 수도 없을 것이다. 그러나 조금만 더 생각해 보자. 과연 사랑을, 가족을 돈으로 구매할 수 있을까? 이렇게 직접적으로 물어보면 아니라고 쉽게 대답할 것이다. 학창시절 제일 쉬운 과목은 역시 도덕이었으니 말이다.

사람을 사귀는 법도도 소위 '돈이 되나, 되지 않나'가 지배하는 세상 속에서 동물에게까지 이러한 도덕 수준을 요구하는 것에 대해서 많은 사람들은 불편한 심기를 드러낸다. 반려동물을 '구매' 하는 것을 비난하고자 하는 것은 아니다. 또 현실적으로 사랑에 도 돈이 필요하다. 가족과의 행복한 삶을 영위하는 현실적 기반 에 비용이 드는 것은 부정할 수 없다. 짚고 넘어가고 싶은 것은, 가족의 시작이 온전한 사랑이냐의 문제다.

구매를 통하여 가족을 이루는 것으로는 찾아내기 어려운 감동과 뿌듯함이 입양에는 종종 발생한다. 이러한 감동은 단지 반려동물과의 생활뿐만 아니라 그 사람의 인생과 사랑 전체에 영향을 미치게 된다고 믿고 있다. 구매를 통해서 이어지는 가족은 '간단한 결정'만으로 이룰 수 있다. 그리고 그 이후에 서로에게 의미가 되는 가족이 되기 위해 부단히 노력해야만 한다.

그러나 문제는 사람이란 앉으면 눕고 싶고 누우면 자고 싶은 법이다. 그러다 보니 구매라는 현실적인 조건에 기반한 시작은 반려동물과 사람 간에 어긋남이 느껴지면 그 관계를 포기하기 쉽다. 반면 입양을 통해서 맺어진 인연들은 채 가족이라는 느낌을 가지기도 전에 수많은 문제를 같이 겪게 되는 경우가 많다. 일례로 동물보호소에서 데려온 고양이들 중 완벽하게 건강한 고양이를 본 적이 거의 없다. 하다못해 피부병이나 감기 같은 가벼운 증상을 다들 하나씩은 가지고 있다.

처음에는 간병하느라 '이 고양이가 내 가족이다'라는 어떤 느낌조차 받지 못하고 있다가 고양이가 점차 좋아지면서 여유가 생겨 내 마음 속 고양이의 존재를 돌아보면 어느새 어려움을 같이

극복한 동료애, 유대감과 같은 사랑이 싹튼다. 말로는 설명하기 힘든 그런 깊고 진한 사랑이 샘솟는다.

할리우드 액션영화를 보면 갈등이 마무리되고 남여주인공이 꼭 키스를 한다. 누군가는 '아니 저 상황에 빨리 저기서 도망가야지 키스하고 있을 정신이 있어?'라고 투덜대기도 하지만 그 유대감은 공감이 간다. 애초의 시작이 '조건에 대한 기대심리'가 아닌 '관심과 유대를 통한 사랑'이 된다면 그 행복의 차이는 극명할 것이다.

고양이를 처음 접하는 방법이 구매이든 입양이든 간에 가장 중요한 것은 사랑과 가족에 대한 신념이다. 그것을 느끼는 데 자신이 똑똑할 필요는 없다. 다만 섬세함은 필요하다.

사랑의 시작은 그 대상에 대하여 긍정하고 세심하게 바라보는 것에서 시작될 것이다.

그 올바른 사랑을 가르쳐주는 최고의 선생님이 고양이들이다.

생명의 무게, 선택의 무게

당신은 생명의 무게를 느껴 본 적이 있는가? 몇 백 그램에 불과한 작은 생명, 손에 힘을 놓으면 어디론가 사라져 버릴 듯한 신비로움을….

그것은 하나의 경의였고, 더할 나위 없는 기쁨이었다. 그 작고 여린 생명체가 점차 무게를 늘려가는 만큼 경의는 사랑으로, 책임으로 함께 늘어가고 있었다. 지금은 사람아이만큼 무거워져버린 아이를 안을 때면, 그것보다 몇 배나 되는 자랑스러움과 사랑스러움, 함께한 기억의 무게를 느끼곤 한다.

하지만 그 무게가 언제나 즐거움으로 남지만은 않는다.

고양이신전은 그 시작부터 업둥이들과 함께 했다. 그리고 업둥이를 돌보는 일은 여느 고양이와 함께 하는 것보다 더 많은 선택을 강요한다. 치료에 있어, 입양에 있어…. 업둥이들은 작든 크든 하나씩의 병을 가지고 들어온다. 가벼운 감기라도 달고 들어오는 것이 보통이다. 그들을 보살피는 일은 매 시간시간, 하루하루가 자신을 돌아보는 일이다.

선택은 언제나 다양하다. 그러나 아픈 고양이를 돌보는 일에 하는 선택들은 때론 치명적이기도 하기 때문에 언제나 큰 갈등을 겪곤 한다. '이 아이를 병원에 데려가야 할까?', '입원을 시켜야할까?', '먹이를 못 먹는 상태이니 강제로 먹여야 하나?', '핫팩을 준비해야 하나?' 이렇게 아주 현실적인 선택은 차라리 덜 괴로운 편이다. 가장 두려운 것은 바로 선택 자체에 대해 확신이 없다는 것이다. 그러다 보니 '내가 옳게 선택한 것일까…, 내가 옳게 선택한 것일까…'라고 되뇌이는 일은 일상에 가까울 정도였다.

내 선택이 항상 옳을 수는 없다. 그 결과는 무지개다리를 건너는 아이들을 지켜봐야 하는 것이다. 그 고통은 감당하기 어려울 정도다. 업둥이를 들이는 것을 그만둘 생각을 매번 할 정도이다. 자신의 무능력에 대한 책망이 항상 엄습한다.

하지만 나와 아내는 언제나 앞을 향해 걸어왔다. 폐렴으로 떠나보내야 했던 칸이라는 업둥이가 있었다. 이후 칸이가 남긴 가르침은 그보다 더 심한 폐렴을 앓던 기드온의 생명으로 환생했다. 앞으로도 고양이신전의 별이 된 아이들은 그보다 더 많은 아이들의 생명으로 환생할 것이다. 우리가 살아가는 동안 개별적인 선택에서는 언제든지 틀릴 수 있다. 그러나 믿음을 가지고 선택들을 두려워하지 않는다면, 선택을 계속해 나간다면 더 행복한 미래가 있을 것이라고 확신한다.

고양이에 대한 논쟁을 접하다 보면 자주 듣는 이야기가 있다. 주로 중성화, 실내생활에 대한 이야기에서 자주 듣는 이야기다.

'당신은 고양이에게 물어 본 적이 있는가?'

'당신이 하는 행위는 자연에 반하는 인위적인 것은 아닌가?'

'그들의 행복을 당신의 기준에서 재단할 수 있는가?'

나는 고양이들에게 물어본 적이 없다. 물어볼 수도 없다. 단지 추측하고 선택할 뿐이다. 하지만 선택에 따르는 무게만큼은 잘 알고 있다. 생명의 무게를 알고 있다. 고양이들이 밖을 마음껏 돌아다닐 수 있는 자유를 앗아갈지라도 그들에게 안전한 삶을 주려한다. 고양이들이 새끼를 낳아 자신의 유전자를 물려주지는 못하지만, 불행한 삶 속에 있는 다른 고양이들을 구조해 피가 아닌 마음으로 이어진 가족을 만들어주려고 노력해 왔다. 이것이 옳은지 그른지는 판단할 수 없지만 적어도 나와 우리 가족이 선택하고 그 무게를 감당하려 노력해 온 우리의 답이다.

여느 사람과 마찬가지로 나도 고양이와 사는 것이 즐거울 것이라는 막연한 상상 속에서 고양이와의 동거를 선택했다. 그러나 업둥이들이었기에 즐거움과 그에 따르는 엄청난 고통을 모두 겪어 보았다. 그 고통은 또 무한한 행복감과 뿌듯함, 또 다시 절망으로 무한반복 한다.

몇 백 그램의 무게가 지니는 지구만큼의 무게를 나와 반려는 깨닫고 있다. 그 무게는 머리가 아니라 가슴에 지워진다.

마음의 힘, 캥거루 케어

처음엔 업둥이였지만 신전의 고양이가 된 카마엘이라는 고양이가 있다. 본시 가장 작고 약했던 카마엘은 건강검진을 다녀온 후 급작스런 환경변화 때문인지 크게 아팠다. 발작적 경련을 일으켰고, 대소변을 쏟아냈다. 그 징조들은 죽음의 그림자였다. 아무리 머리를 써 봐도 아이를 회복시킬 방법이 떠오르질 않았다. 한참 간호에 자신이 있었던 나는 그날 밤 그렇게 무력했다. 발작을 일으키는 아이를 붙잡아 주고, 힘내란 말을 하는 것이 내가 할 수 있는 전부였다.

"힘내, 카마엘…. 힘내, 카마엘…."

나의 기도는 생명에 대한 것이 아니었다.

"힘내서 편안히 다리를 건너렴…. 카마엘…."

나는 그것이 마지막 선택이라고 생각하고 아내에게 물었다.

"우리 카마엘이 편안히 갈 수 있도록 도와줄까?"

아내는 답이 없었고 나는 그 의미를 잘 알고 있었다. 나는 머리로 선택을 하고 있었지만, 아내는 가슴으로 선택하고 있었다. 그리고 카마엘은 나의 선택이 아닌 아내의 그것에 답하였다. 힘겨운 싸움을 이겨내고 새로운 신전의 빛으로 태어났다. 아이를 살려낸 것은 아내였다.

당시까지 구조활동이나 간병에 있어 내가 아내보다 뛰어나다고 자만에 빠져 있었다. 그러니 아내가 선택한 방법은 당시의 나로서는 이해가 되지 않았다. 아내는 며칠에 걸쳐 카마엘을 가슴에 얹고 있었을 뿐이다. 아내의 말로는 카마엘에게 심장고동을 느끼게 해주고 싶다고 말했다. 밥도 제대로 먹지 못하고 잠도 제대로 자지 못하면서 그냥 아기고양이를 가슴에 얹고 있는 아내를 보며, 별 도움도 되지 않을 방법에 아내마저 몸 상할 거라며

불만도 많았던 나였다. 그렇게 아내 옆에는 박카스병이 수북히 쌓여 있었고 그 가슴 위에는 숨을 헐떡이는 카마엘이 있었다. 그런데 놀라운 일이 벌어졌다. 카마엘이 천천히 안정을 되찾아 갔던 것이다.

나는 그 일을 '기적'이라고 말할 수밖에 없었다. 그러면서 막연히 길을 잃은 듯한 느낌을 받기도 했다. 간병에 있어 내 자만과 자신감의 근원은 이성과 공부였는데 어떠한 과학적인 설명도 찾을 수 없기에 당황한 것이다. 이러한 난감함은 한참이 지나고 캥거루케어Kangaroo Care 혹은 skin-to-skin care라는 것을 알게 되고 풀린다.

캥거루케어란 질병이 있거나 미숙아인 신생아를 하루 수 시간씩 엄마 품에 안기게 하는 것만으로도 신생아집중치료실NICU의 효과 이상을 기대할 수 있다는 치료법이다.

평계를 대자면 10여년 전에는 캥거루케어가 한국에 전혀 소개되지 않았던 방법이라는 것이다. 이로써 상처입은 내 자존심도 최소한 변명거리 정도는 삼을 수 있지 않을까? 이 방법은 카마엘 이후부터 고양이신전 간병의 대원칙이 된 것은 물론이다.

스킨십, 유대관계, 마음이 가지는 힘은 생각보다 훨씬 강하다.

우리는 모두 그것을 알지만 과학이 증명해 주기 전까지는 과학적이지 않다는 핑계로 애써 그것을 외면하면서 살고 있을지도 모른다. 만약 가족이 아파서 간호할 일이 있다면 마음이 가지는 힘을 더 믿어 보기를 권하고 싶다. 마치 내 아내가 그랬듯이 말이다. 가족의 마음이 어떠한 의사나 의료기기보다 더 큰 힘을 발휘하는 기적이 모든 사람들이 느낄 수 있기를 기원해 본다.

내 아내는 사랑이 가지는 힘을 '알기' 전에 '느끼고' 있었을 것이다. 고양이신전의 고양이들이 나에게 스승이 되듯이, 아내도 나에게 이정표이자 선생님과 같은 존재다.

소풍을 마치고 고양이별로 돌아간 고양이들

고양이를 좋아하는 사람들은 고양이가 죽는 것을 '무지개다리를 건넜다'라고 표현한다. 나도 그 표현이 참 좋았다. 이 표현은 사람의 마음을 많이 다독여주기 때문이다. 자신이 사랑하는 고양이가 죽은 이후에 아름다운 무지개다리를 건넌다고 생각하면 마음이 조금은 덜 슬플 것만 같기 때문이다.

아내는 조금 다른 말로 고양이의 죽음을 표현하곤 한다. 그것은 바로 '고양이별로 돌아가다'라는 것이다. 정확히는 '소풍을 마치고 고양이별로 돌아가다'를 줄인 말이다. 아내는 천상병 시인의 '소풍'이란 시를 좋아한다. 아내는 아마도 소풍이란 시를 떠올리면서 '고양이별로 돌아갔다'는 표현을 종종 쓰곤 했었던 것 같다. 쉬운 이야기는 아니지만 한 번쯤은 짚어야할 이야기이기에 무지개다리를 건너 고양이별로 돌아간 고양이들의 이야기를 조금 해 보려고 한다.

그려보면 참 아름다운 모습이다. 소풍 와서 즐겁게 뛰놀던 고양이들이 해가 뉘엿뉘엿 지고 무지개다리를 건너가는 모습. 모두들 표정은 의기양양할 것만 같다. 세상만사 그렇듯이 소풍이 즐거움만으로 이루어진 것은 아닐 것이다. 소풍을 떠나면 다리가 아프기도 하고, 뛰어 놀다 무릎이 까지기도 한다. 같이 간 동무랑 티격태격 싸우고 마음이 상하기도 할 것이다. 그러나 소풍이 끝이 나고 모두 고양이별로 돌아가면 '아! 재밌었다. 또 가고 싶다'라고 친구들과 가족 고양이들에게 자랑을 할 것만 같다. 이렇게 그려보면 사랑했던 고양이들이 살아있는 동안 특히 무지개다리 건너기 직전 어떠한 고통을 받았더라도 그것은 모두 소풍 도중 일어난 아주 짧은 고생이었다고 느껴진다.

우리는 사실 모두 알고 있다. 고통의 시간은 짧고, 고양이들과 행복했던 시간들이 훨씬 길다는 것을. 그러나 아쉬운 마음이 쉽게 포기를 못해 내 슬픔이 슬픔을 불러들이고 만다. 고양이들은 이미 고양이별에서 한창 자신의 모험기를 과장하고 있을지도 모르는데 말이다. 오랜 기간 구조활동과 간병을 하면서 느낀 점은 '오직 인간만이 좌절하고, 인간만이 포기한다'는 것이다. 조금의 힘이라도 생긴 고양이는 물건을 굴리고 우다다를 하려고 한다. 그러니 고양이별로 돌아간 고양이들은 즐겁게 새로운 놀잇감을 찾고 있을 것임을 믿어도 좋다.

고양이들은 천성적으로 배려심이 있는 것 같다. 첫째 고양이 꼬마는 평상시에는 나에게 관심도 없다가 슬퍼하면 다가와 내 손등을 핥아주곤 했다. 한 30분쯤 핥아서 손등이 빨갛게 부어오르면 아파서 슬픔이 사라지는 신기한 경험을 하기도 했다.

무지개다리를 건넌 고양이들도 엄마, 아빠가 슬퍼하면 노는 것을 마다하고 계속 곁에 있으려 할지도 모른다. 슬픔은 당연한 일이지만 고양이들이 빨리 돌아가 친구들과 뛰어놀게 배려하는 것도 우리가 할 수 있는 마지막 배려일 것이다.

고양이를 좋아하는 사람들에게는 또 다른 전설이 있다. 그것은 사람이 죽음을 맞을 때의 일이다. 사람이 죽음을 맞으면 먼저 가 있던 동물들이 모두 마중을 나와 안긴다는 것이다. 많은 사람들이 어리고 철모르던 시절 강아지나 고양이가 죽어서 눈물을 철철 흘렸던 경험이 있을 것이다. 그리고 다시금 만나고픈 마음이 어딘가에 있는 분들도 많을 것이다. 그 동물들도 만나려면 아마도 죽음 이후에는 사람도 다시 어린아이가 될 것 같다. 그리고 다리가 없는 녀석은 날개를 달고 올 것 같고, 꼬리가 없던 녀석은 자기 몸에 두 배쯤 되는 꼬리를 달고 나타날 것 같다. 먼저 떠나보낸 고양이가 있는 사람은 같이 무지개다리를 건너볼지도 모를 일이다.

고양이들이 오려면 무지개다리를 타고 올테니 말이다. 고양이신전지기들이 소풍을 마치는 날이면 무지개다리가 들썩들썩할지도 모르겠다. 적게는 수십에서 은혜를 잊지 않은 녀석들이라면 백 마리 넘게도 고양이들이 마중을 나올테니 말이다. 이런 상상을 하면 흐뭇하기 짝이 없다.

사람이 죽으면
다시 아이가 돼서
무지개다리를
건넌다.

그때 떠나보낸
모든 동물이 마중을
나와 사람에게
안긴다.

다리 잃은 동물은
날개를 달고서···.

사랑에는 이유가 없다

고양이를 결혼상대자로 비교하자면 집안 어른들이 혀를 끌끌 차며 다시 생각하라는 사람과 비슷할 지도 모른다. 예전 '로미오와 줄리엣'처럼 펄쩍 뛸 정도는 아니더라도 어지간한 반대는 감수해야 할 수도 있다.

그러나 당신이 진정으로 사랑을 한다면 이런 문제 따위는 아무 것도 아니다. 아니, 그것이 오히려 당신의 사랑을 더욱 굳건히 해 줄 것이다. 그런 반대가 당신으로 하여금 집안 어른이 아닌 배우자감만을 바라보게 만들 것이기 때문이다.

고양이와의 동거에 있어 으뜸은 사랑이다. 그리고 그 사랑은 다른 것이 아니고, 고양이를, 고양이만을 바라보는 것이다. 그들을 이해하려 하고, 그들이 무엇을 원하는지 살피고, 그것을 이루어 주려 노력하는 것이다. 입양에 있어, 돌봄에 있어, 간병에 있어 가장 중요한 것은 고양이를 바라보는 것이다.

그렇게 올곧게 바라보는 사람은 절대로 잘못될 리 없다. 그들은 섬세해지고, 사려 깊어지며, 결단을 내리면 야생마처럼 질주하게 될 것이다. 한때 나약하고, 우유부단하며 외롭던 소년은 하나의 멋진 성인이 될 것이다. 사랑은 그렇게 사람을 성장시킨다. 게다가 사랑의 기적은 그렇게 끝나지 않을 것이라고 믿는다.

한 대상을 제대로 사랑하게 된 사람은 그 사랑을 다른 모든 것에 적용시킬 수 있다. 2000년 초기 고양이를 키우는 사람들은 자신을 가르켜 하인이라고 불렀다. 이후 그들은 스스로를 집사라고 칭하게 된다. 나는 이것을 항상 하인에서 집사로 승진한 것이라는 상상을 하곤 했다. 왠지 집사는 그 휘하에 요리사나 정원사를 두고 있을 것 같기 때문이다. 하인에서 집사가 된다는 것은 어찌 보면 소년에서 성인으로 성장해가는 과정과도 같다. 자신 하나를 돌보기에도 급급했던 약한 존재가 책임이라는 무거운 짐을 오히려 행복하고 당당하게 지고 걸어갈 수 있게 변모해 간다. 하인은 아마도 집사라는 막중한 책임감을 무서워해서 하인에 머무를지도 모른다. 반면 집사는 자신이 거느린 하인들을 행복한 동반자로 생각할 것이다.

우리는 행복해지는 걸 두려워하면 안 된다. 어떻게 하면 더 귀한 일상을 보낼 수 있는지 생각하고 노력해야 한다. 나아가 어떻게 하면 대가 없는 사랑을 받을 수 있는지 그리고 반대로 줄 수 있는지를 한 번쯤은 고민해보기를 바란다.

이 책을 덮고 난 뒤에도 사랑과 상대만을 바라보기라는 두 개의 이야기가 마음속에 남아있기를 바란다. 자신을 괴롭혔던 수많은 인생의 짐들이 오히려 행복하게 느껴지기를 바란다. 그렇게 멋진 아빠, 엄마 그리고 멋진 사람이 되기를 바란다. 어쨌든 고양이는 참 멋진 동물이다. 가족이다.

❝ 내 아이는 어려서부터 고양이와 함께 자라게 하여
사랑과 책임을 느끼게 하리라. ❞

버찌의 나이만큼 사랑이 자란다.
행복이 자란다.
고양이도 자란다.

신전지기, 꿈을 이루다 2016 고양이신전